Der letzte Dreck

Enno Reins

Der letzte Dreck

Ein Lozen Graham-Fall

Bibliografische Information der Deutschen
Nationalbibliothek:
Die Deutsche Nationalbibliothek verzeichnet diese
Publikation in der Deutschen Nationalbibliografie;
detaillierte bibliografische Daten sind im Internet über
http://dnb.dnb.de abrufbar.

TWENTYSIX – Der Self-Publishing-Verlag
Eine Kooperation zwischen der Verlagsgruppe Random
House und BoD – Books on Demand

Herstellung und Verlag:
BoD – Books on Demand, Norderstedt

ISBN: **9783740753337**

1.

Wolken schoben sich vor den Mond. Das Pärchen wankte aus der Bar auf den Parkplatz. Ein kräftiger Typ mit Übergewicht hielt eine dralle Blondine mit aufgedunsenem Gesicht im Arm und gab ihr einen langen feuchten Kuss.

„Nicht hier", sagte sie.

„Zum Fluss", sagte er.

Sie wankten zu einem verrotteten Ford Fusion.

„Bin gleich wieder da", sagte die Blondine.

Sie schwankte zwei Wagen weiter und kotzte. Als sie zurückkam, reichte ihr der Typ eine Whiskeyflasche, die er aus dem Auto geholt hatte. Sie nahm einen tiefen Zug.

„Alles in Ordnung, Sweetie?", fragte er.

„Yeah. Lass uns fahren."

Sie setzten sich ins Auto. Als der Typ den Motor anließ, sprang ein Radiosender für Countrymusik an. Ein Sänger erzählte von einem Trucker, der die USA durchquerte, zwischendurch mit seiner Frau telefonierte und ihr versicherte, dass er ihr treu war. Das Pärchen begann, mitzusingen.

Der Typ gab Gas. Sie rasten viel zu schnell über die Landstraße. Nach ein paar Meilen bog er auf einen Feldweg, den sie entlangfuhren, bis sie den Homer River erreichten. Mittlerweile sang ein anderer Sänger darüber, warum er das Kleinstadtleben klasse fand.

„Wir sind da", sagte der Typ.
Er zeigte nach vorn. Die Scheinwerfer des Wagens beleuchteten den Fluss und das bewaldete Ufer. Sie reichte ihm die Whiskeyflasche und er trank, während sie den Sport-BH auszog. Gierig und grinsend drückte der Typ ihre linke Brust. Sie griff ihm zwischen die Beine.
„Yeah", sagte sie zufrieden.

Die Blondine warf einen Blick aus dem Fenster, auf den Teil des Flusses, den die Scheinwerfer beleuchteten. An der Stelle war die Strömung stark. Das Wasser brach sich an einem Felsen. Auf dem lag etwas. Eine Frau. Sie sah verdammt   tot   aus.

2.

„Hast du mal 'ne Kippe?"

Die junge Frau in Tanktop und Jeans, die auf einem wackligen Klappstuhl vor einem grauen schmutzigen Trailer in einer heruntergekommenen Wohnwagensiedlung saß, sah hoch zum Mann, der die Frage gestellt hatte. Es war ein mittelalter Sioux auf Krücken, dem zahlreiche Zähne und das rechte Bein fehlten. Flüssigkeit lief aus seiner Nase. Sie nahm eine Zigarette aus der Schachtel, die auf ihrem Schoß lag, und reichte sie ihm.

„Bedankt", sagte der Mann und ging.

Die Frau wusste, dass es ein Fehler gewesen war. Er würde wiederkommen. Dies war nicht der Ort für Großzügigkeit. Der Mann machte einen Bogen um eines der vielen mit Wasser gefüllten Schlaglöcher und stakste die schlecht asphaltierte Straße hinunter, an der links und rechts die typisch lang gezogenen amerikanischen Wohnwagen standen. Die meisten waren in einem miesen Zustand. Einige sahen mit ihren Spitzdächern und

Verandas aus wie richtige Häuser, andere standen auf rohen Fundamentklötzen, wieder andere noch auf Rädern. Dies war kein Campingplatz für Touristen, sondern eine abgewirtschaftete Trailerpark-Siedlung in Chayton County, South Dakota – für Gestrandete, Geflüchtete, Gescheiterte, alle nur einen Schritt entfernt von der Obdachlosigkeit.

Die Frau nahm die Dose, die vor ihr auf dem Boden stand, und öffnete sie. Bier spritzte auf ihr Tanktop. Sie fluchte und legte ihren Mund über die Öffnung, aus der die Flüssigkeit sprudelte. In der Ferne zog ein Gewitter auf. South Dakota lag in der „Tornado Alley" der USA. Im Osten und Südosten des Staates habe die Tornado-Saison begonnen, hatte sie im Radio gehört.

Die meisten Bewohner des „George Crook Trailer Park" hatten sich in ihre Wohnwagen zurückgezogen. Nur ihr gegenüber war jemand draußen. Ein älterer Kerl mit Glatze und haarigem Oberkörper betrank sich mit einer wesentlich jüngeren Frau, die ein schwarzes Top und eine abgeschnittene Jeans trug. Sie war stark tätowiert. Leere Bierdosen lagen um sie verstreut. Sie redeten laut.

„Bei denen musst du aufpassen", hatte Benny Fowler, der Trailerpark-Manager, gesagt, als er die Frau am Morgen zum Wohnwagen gebracht hatte, „der alte Mike ist ein jähzorniger Totschläger und Margie eine heroinabhängige Schlampe, die jeden beklaut."

Die anderen Nachbarn waren nicht so gefährlich. Links neben ihr wohnte eine 80-jährige Rentnerin, rechts eine junge Afroamerikanerin mit zwei Kindern.

Die Sonne ging langsam unter. Die Frau leerte die Dose, warf sie auf den Boden - weil es in dieser Nachbarschaft anscheinend jeder so machte - und ging in den Trailer, der, wie die anderen Wohnwagen im „George Crook Trailer Park", in den letzten Jahrzehnten nicht bewegt worden war und seine beste Zeit hinter sich hatte. Im Inneren roch es nach Reinigungsmitteln, Zigarettenrauch und Plastik. Der braune Linoleumboden war voller Brandlöcher. Der Wasserhahn im Küchenbereich tropfte, die Spüle war zerbeult. Die Klebefolie am Küchenschrank, die im Baumarkt bestimmt als naturgetreue Reproduktion einer Holzstruktur – Kiefer, Eiche? – verkauft wurde, löste sich ab. Die Tür des brummenden Kühlschranks schloss nur richtig, wenn man dagegentrat. In der Nasszelle roch es nach Fäulnis. In den Ecken der Dusche hatte die Frau Schimmel entdeckt. Dunkle Stellen von geschmolzenem Plastik verrieten, dass einer der Vormieter seine Zigaretten auf dem Toilettendeckel ausgedrückt hatte. Warum auch immer.

Am Ende des Wohnwagens stand ein quadratischer Tisch mit gespaltener Platte, dessen Beine am Boden festgeschraubt waren, links von ihm ein Klappstuhl und rechts ein nachträglich integriertes Regal mit einem kleinen Fernseher. Hinter dem Tisch war ein dunkelrotes durchgelegenes Bett mit keilförmigen Rückenkissen, sodass man es auch als Sofa nutzen konnte. 310 Dollar kostete die Unterkunft. Zahlbar am Ersten. Eine Monatsmiete hatte Benny Fowler als Sicherheit verlangt. Sie hatte ihm die Scheine auf den Tisch gelegt. Im „George Crook Trailer Park" zahlte jeder cash.

„Wenn du die Miete nicht pünktlich vorbeibringst, fliegst du", hatte Benny Fowler mit gelangweilter Stimme gesagt, die gelangweilt klang, weil die meisten der Mieter nicht pünktlich zahlten und Zwangsräumungen zu seinem Alltag gehörten. Er war ein großer Kerl mit Vollbart und dunklem, zurückgekämmtem Haar, der eine schmutzige dunkelgraue Latzhose trug. Mitleid und ähnliche Gefühle waren ihm längst abhandengekommen.

Die Frau nahm die schwarze Jeansjacke, die auf dem Bett lag, und zog aus der Brusttasche einen Joint und einen Schlagring. Beides steckte sie in die Beintasche ihrer Cargohose. Sie war schwarz angezogen: Tanktop, Hose, Springerstiefel. Die Frau war Mitte 30, schlank, mit mittellangem, schwarzem Haar. Auf ihren linken Oberarm war ein Adlerflügel tätowiert.

Sie zog das von Bier durchtränkte Tanktop aus. Von ihrer Achselhöhle bis zum Hüftknochen zog sich der Schriftzug „Apache Nation". Eine Zugehörigkeitserklärung, denn die Frau war eine

Chiricahua-Apachin. Die hatte sie sich vor ihrem ersten Einsatz als Soldatin stechen lassen.

Unter dem Tisch stand eine Sporttasche. Sie zog sie heraus und öffnete sie. Oben auf dem Wäschestapel lag eine Heckler & Koch P9S, die eine Modifikation für einen Schalldämpfer besaß, der neben der Waffe lag. Nachdem sie ein frisches Tanktop herausgenommen und angezogen hatte, schaute die Frau sich um. Sie wollte die Waffe an diesem Abend nicht mitnehmen. Aber sie einfach offen im Trailer liegen zu lassen, war keine Option. Denn trotz der zwei Schlösser an der Eingangstür war es einfach, einzubrechen. Sie sah durch ein Fenster nach draußen, wo Margie schwankend, mit einer Flasche Schnaps in der Hand, dem alten Mike zuprostete und dabei ihren Bauch entblößte.

Die Frau zog ein Karambit-Klappmesser am Fingerring aus der Hosentasche, wobei die klauenförmige Klinge aufsprang. Die hatte wegen ihrer Form etwas Fieses und Böses, was die Frau mochte. Der Ring für den Zeigefinger war praktisch, weil er verhinderte, dass sie das Messer fallen ließ, wenn sie einen Wirkungstreffer eingesteckt hatte und die Hand sich öffnete.

Mit der Klinge löste sie das Linoleum unter dem Regal und schob Pistole und Schalldämpfer unter den Bodenbelag. Dann stellte sie sich hin. Das Versteck war nicht zu sehen. Zufrieden verließ sie den Trailer. Als sie die Tür abschloss, gab Mike Margie eine heftige Ohrfeige, sodass sie taumelte. Blut lief ihr aus dem Mundwinkel. Margie begann zu lachen. Laut und hysterisch. Es hatte nichts Menschliches.

Sie ging zum Ausgang des „George Crook Trailer Park". Benny Fowler saß rauchend vor dem grünen Container, in dem sich sein Büro befand. Er nickte der Frau zu. Sie bog auf die Landstraße und marschierte drei Meilen bis zu einem Parkplatz, an dessen Rand zwei Gebäude standen. Eines war ein unansehnlicher Bau mit Flachdach, auf dem ein grünes Neon-Zeichen angebracht war, das hektisch blinkte. „Sheridan's Inn" war zu lesen. Dahinter sah sie im Abendlicht die Silhouette eines einstöckigen Hauses, aus dem kein Licht nach außen drang. Entweder stand es leer oder die Fenster waren abgeklebt, schlussfolgerte sie.

Die Frau ging über den Parkplatz und passierte einen verbeulten Toyota, in dem ein Mann am Steuer saß. Sein Kopf war nach vorne geneigt. Eine Rothaarige in der Uniform einer Fast-Food-Kette stach ihm eine Nadel in den Hals und injizierte ihm etwas. Vermutlich Heroin. Auf dem Rücksitz des Wagens schlief ein Kleinkind in einem Babysitz.

Die Frau erreichte das „Sheridan's Inn", drückte die Tür auf und betrat die Bar. Schummriges Licht. Rockmusik. Es war viel los. Der Geruch von Schweiß und billigem Parfüm kam ihr in die Nase. An der langen Theke fand sie einen Platz. Beim Barkeeper, der um die 60 Jahre alt war und einen Vokuhila-Haarschnitt trug, den er wahrscheinlich seit den 1980ern nicht geändert hatte, bestellte sie ein Bier.

„Drei Dollar", sagte der Barkeeper und stellte den halben Liter auf die Theke. Die Frau zahlte.

Sie nippte am Bier und schaute sich um. Ein mieser Schuppen. Aufgepumpte Kerle mit Baseball-Caps und Cowboyhüten, Rocker mit Vollbart, Typen mit Hakenkreuzen auf dem Oberarm, Rednecks in Baumfällerhemden mit abgeschnittenen Ärmeln, Verlierer mit Nadeleinstichen in den Armen, Frauen in knappen Klamotten, von denen sie die Hälfte als Prostituierte einstufte. Es gab eine Bühne, auf der eine dreiköpfige Rock-Band spielte. Ein Teil der Gäste hörte zu, ein Teil war mit sich selbst beschäftigt, ein Teil tanzte.

Ein Mann kam auf die Frau zu. Das ging verdammt schnell, dachte sie.

„Hey, Hübsche, hab dich hier noch nie gesehen."

Die Frau schaute ihn an. An den Schläfen rasierte Haare, glasige Augen, Dreitagebart, T-Shirt, auf dem „America First" stand. Er sah wie ein Bodybuilder aus, über dessen Körper sich eine drei Zentimeter dicke Fettschicht gelegt hatte.

„Drink?", fragte er.

Sie zeigte ihm das fast volle Bierglas. Er bestellte sich einen Wodka.

„Woher kommst du?"

„George Crook Trailer Park."

„Keine Kohle, was?"

Die Frau zuckte mit den Schultern.

„Du bist scharf. Ich könnte dir helfen."

„Wie?"

Der Typ grinste.

„Hey, Matt, was machst du da?"

Eine große und attraktive Frau kam zu ihnen. Die kurzen hellbraunen Haare waren nach hinten gekämmt. Sie hatte kleine Ohren, an denen kleine Ohrringe hingen.

„Wer ist die Schlampe?"

„Keine Ahnung, Laconia. Hab sie erst kennengelernt."

„Lügner."

Laconia atmete schwer. Sie war offensichtlich betrunken.

„Lass Matt in Ruhe", sagte sie lallend zur Frau.

„Mich interessiert dein Matt nicht."

„Sicher."

Laconia holte aus und schlug eine rechte Gerade. Eine zu große und zu langsame Bewegung. Problemlos wich die Frau aus. Die Angreiferin schlug ins Leere, verlor dadurch das Gleichgewicht und fiel gegen die Theke.

„Fuck", rief Laconia, die sich wehgetan hatte.

„Alles in Ordnung, Sweetheart?", fragte Matt.

„Fuck."

Matt drehte sich um und starrte die Frau an.

„Hast du sie nicht alle?"

Matt nahm Laconia in den Arm. Aus dem Augenwinkel sah die Frau, wie zwei Typen sich erhoben. Einer von ihnen hatte eine Hakenkreuz-Tätowierung am Hals, rechts neben einem gigantischen Kehlkopf. Offenbar Freunde von Matt. Der Abend lief nicht gut.

„Es wäre klug, zu gehen", sagte eine Stimme hinter ihr.

Die Frau drehte sich um und sah einen jungen Mann mit asiatischen Gesichtszügen, dessen schwarzen Haare zu Rastafari-Locken geflochten waren. Seine Augen sprachen für Drogenmissbrauch, sein Ratschlag für ein funktionierendes Gehirn. Sie stand auf und ging ohne

Eile zum Ausgang. Aus dem Augenwinkel sah sie, dass ihr der Kehlkopf mit dem Hakenkreuz folgte. Sie drückte die Tür auf, ging nach draußen, am Haus entlang, bis sie zu einem Müllcontainer kam, hinter dem sie sich versteckte und den Schlagring aus der Beintasche zog. Sie bemerkte, dass ihre rechte Hand leicht zu zittern begann. Nicht jetzt, dachte sie. Kurz darauf hörte sie Schritte, ein nicht einzuordnendes Geräusch und ein leises Stöhnen.

„Hey, du kannst rauskommen. Steve macht Pause."
Die Frau erkannte die Stimme. Sie gehörte dem jungen Mann mit den asiatischen Gesichtszügen. Sie trat aus dem Schatten des Müllcontainers. Der Typ mit dem gigantischen Kehlkopf lag bewusstlos am Boden. Der junge Mann grinste. Er hatte einen Taser in der Hand.
„Der Kehlkopf heißt Steve?"
„Yeah."
„Ich hatte die Lage unter Kontrolle. Trotzdem danke", sagte sie und fügte hinzu: „Ich bin Lozen."
„Ich bin Johnnie To."
„Wie der Regisseur."

„Hey, die Lady kennt ihr Kino."

Lozen lächelte. Der Junge war ein Cineast. Johnnie To, so hieß ein bekannter chinesischer Regisseur. Sie steckte den Schlagring weg, zog den Joint aus der Beintasche der Cargohose, zündete ihn mit einem Feuerzeug an, wobei sie mit dem Rücken zu Johnnie To stand, weil sie nicht wollte, dass er das Zittern sah, und nahm tiefe Züge, bis die Hand ruhig wurde. Dann reichte sie den Joint ihrer neuen Bekanntschaft.

„Bock auf 'n Bier in friedlicher Atmosphäre? Wohne in der Nähe und hab was kalt", fragte Johnnie To, nachdem er einen Zug genommen hatte.

Sie sah ihn misstrauisch an.

„Wenn es wirklich nur um ein Bier geht."

„Keine Angst. Frauen sind nicht mein Ding."

„Wie beruhigend."

3.

„Wer bist du, Lozen, dass du keine Angst vor Nazi-Schlägern hast?"

Sie zuckte mit den Schultern.

„Immer einen Schlagring dabei?"

„Er macht sich gut an meiner Hand."

Johnnie To grinste. Sie saßen vor seinem Wohnwagen – einem alten verrotteten Airstream, der aussah wie eine Patrone auf Rädern und dessen silberne Oberfläche mit Graffitis übermalt war – an einem wackligen Campingtisch auf zwei altersschwachen Stühlen. Auch Johnnie To wohnte im „George Crook Trailer Park".

„Du bist schwer bewaffnet. Der Ring da an der Hosentasche gehört zu einem Karambit", sagte er.

„Gut beobachtet."

„Was hat dich nach Chayton County gebracht?"

„Ein Kumpel hat mir einen Job versprochen und sein Versprechen nicht gehalten."

„Pech."

„Jup."

Sie stießen an.

„Und du? Hilfst du immer Frauen in Not?"

„Nein, aber Matts Freunde von der ‚Patriot Nation' sind Ärsche."

„Wer ist die ‚Patriot Nation'?", fragte Lozen, obwohl sie die Antwort kannte, weil sie schon in Chayton County gewesen war, was sie aber Johnnie To nicht sagen wollte.

„Ein rechter Haufen, der was gegen Juden, Schwarze, Asiaten, eigentlich gegen alle hat, die nicht weiß und heterosexuell sind. Halten sich für amerikanische Patrioten, verticken nebenher Meth und Black-Tar-Heroin."

„Verstehe. Du hast was gegen rechte Vögel und Drogen", sagte sie.

„Ich habe sicher nichts gegen Drogen."

„Sorry, wie konnte ich nur auf die Idee kommen."

„Ja, wie konntest du nur."

„Und wer war die Frau?"

„Laconia? Oh, die ist in Ordnung, wenn sie nicht drauf ist. Schafft an. Für Sista Louisa. Der gehört das ‚Sheridan's Inn' und das Hotel."

„Hotel?"

„Das abgedunkelte Gebäude hinter dem Sheridan."

„Verstehe. Hat das Hotel einen Namen?"

„Nein. Alle nennen es nur ‚Hotel‘."

Als Lozen später ihren Trailer erreichte, begann es zu regnen. Aus dem Wohnwagen von Mike und Margie hörte sie wildes Stöhnen. Ein widerliches Paar, dachte Lozen und schloss die Tür auf. Sie holte eine Plastikplane aus dem Schrank, ging wieder raus, zur Hinterseite des Trailers, wo ein altes Motorrad stand, eine 2002 Yamaha WR426F, über die sie die Plane warf. Dann ging sie zurück ins Trockene, nahm eine Flasche Wasser aus dem Kühlschrank, setzte sich aufs Bett, stellte den Fernseher an und zog das Smartphone aus der Hosentasche. Sie musste einen Anruf machen. Es machte keinen Sinn, ihn noch länger zu verschieben.

Sie gab das Passwort ein, drückte auf das grüne Telefonsymbol, ging auf die Anrufliste und drückte – nach einem kurzen Zögern – auf die oberste Nummer. Sie schaute auf die Uhr. Es war kurz vor elf Uhr abends. Er war bestimmt noch im Büro.

„Graham Security."
„Nick, ich bin es."
„Lozen."
Lozen Graham war die Chefin von „Graham Security" – einer kleinen Sicherheitsfirma in Washington D. C., die Ermittlungsarbeiten und Personenschutz anbot. Wie schon oft fragte sie sich, wann ihr Angestellter nach Hause ging und schlief. Es war eines dieser Rätsel, die Nick Davout umgaben.
„Ich bin in Chayton County."
„Habe ich mir gedacht, als du nicht im Büro aufgetaucht bist."

Nick Davout war dagegen gewesen, dass sie nach South Dakota ging. Sie hatten gestritten. Wäre es ein Wettkampf gewesen, hätte sie verloren. Was daran lag, dass er die besseren Argumente gehabt hatte. Die hatte sie ignoriert und sich einen Flug gebucht. Heimlich.

Ohne ihn oder jemand anders zu informieren. Dabei hatte sie sich feige gefühlt.

„Als Chefin einer Sicherheitsfirma kann man es sich nicht leisten, einen solch teuren Gefallen zu tun. Wir haben zu viel zu tun."

„Du weißt, dass ich Earl helfe."

Earl Arendts war ein Freund von Lozen und der Sheriff von Homer City, einer Kleinstadt mit rund 600 Einwohnern in Chayton County.

„Das ist der einzige Grund?"

„Ich bin die Chefin, ich muss mich nicht rechtfertigen."

„Das ist richtig."

Nick Davout war ein schwieriger Mitarbeiter, aber ein unentbehrlicher. Weil er ein Genie war. Für ihn war die Welt, in der er lebte, viel zu langsam. Er war ein Computer-Ass mit fotografischem Gedächtnis, der mit 18 seinen Doktortitel gemacht, eine kurze Karriere beim CIA hingelegt und schließlich bei Lozen angeheuert hatte, weil strenge Hierarchien und viel Bürokratie nichts für ihn waren.

„Sonst noch was?", fragte sie.

„Weißt du, wie lang die Angelegenheit dauern wird?"

„Schwer einzuschätzen."

„Hab ich mir gedacht. Das ist unverantwortlich."

„Nick."

„Es ist alles gesagt", sagte er und legte auf.

4.

Eine Woche zuvor in Washington D. C.:

Ein Mann betrat ein kleines Apartment im zweiten Stock eines renovierungsbedürftigen Miethauses und schaltete das Licht im Wohnzimmer an. Er hatte ein angenehmes Gesicht, dichtes schwarzes Haar und schöne braune Augen. Der Mann verdiente sein Geld als Fahrlehrer. Seinen Namen hatte Lozen vergessen. Er hatte im vergangenen Herbst einen Brandsatz in ein koscheres Lokal in Montreal geworfen, damit zwei Menschen getötet und acht verletzt. Lozen saß auf dem Dach des Hauses gegenüber und zielte mit einem Gewehr mit Zielfernrohr, ein M24 SWS, auf den Kopf des Mannes. Sie trug Handschuhe und eine schwarze Jacke mit Kapuze. Neben ihr lag ein geöffneter schwarzer Koffer, der mit einem für die Einzelteile des Gewehrs konfigurierten Schaumstoffpolster ausgekleidet war.

Vor vier Tagen war die Mail gekommen. Verschlüsselt. Mit Namen und Adresse der Zielperson, dazu eine Datei mit Lebenslauf und Hintergrundinformationen. Seit einiger Zeit arbeitete Lozen für eine inoffizielle Einsatztruppe, die Terroristen eliminierte. Nicht, weil sie an diese Art von Gerechtigkeit glaubte. Sie hatte den Auftrag herauszufinden, wer zur Truppe gehörte und wer sie finanzierte. Bisher hatten ihre Ermittlungen nichts ergeben.

Der Mann verschwand aus ihrem Sichtfeld. Kurz darauf ging das Licht in einem anderen Raum an. Es war die Küche. Der Fahrlehrer trat ein und stellte die Kaffeemaschine an. Lozens Hände begannen zu zittern. Sie legte das Gewehr auf den Boden und rauchte einen Joint. Teil der Truppe zu werden war der einfachste Weg gewesen, den Auftrag zu erfüllen. Hatte sie darüber nachgedacht, ob es die richtige Entscheidung war? Ja. Hatte sie lange genug darüber nachgedacht? Nein. Sie hatte es sich einfach gemacht, hatte sich gesagt, dass sie als Soldatin und Ermittlerin beim CID, der Militärstrafverfolgungsbehörde der US-Army, bereits getötet hatte, sie hatte sich gesagt, dass es keine Unschuldigen treffen würde, dass es gerechtfertigt wäre, weil sie am Ende eine Gruppe ausschaltete, die das Gesetz in die eigene Hand nahm. Aber jetzt, Monate später, wurde ihr klar, dass alte Konditionierungsmuster die Kontrolle übernommen hatten, die man ihr bei der Ausbildung zur Scharfschützin einprogrammiert hatte. Handeln, nicht denken. Keine Skrupel. Die Zielperson hat es verdient. Die aktivierte Konditionierung ließ sie in einer schwarz-weißen Welt leben, die nur beim Militär – und in schlechten Filmen – existierte. Es war eine Welt, von der sie gedacht hatte, sie hätte sie längst verlassen.

Als sie die Entscheidung getroffen hatte, war Lozen nicht in bester Verfassung gewesen. Sie war Zeugin eines Anschlags gewesen, beim jährlichen Filmfestival von Homer City. Schützen hatten ein Blutbad angerichtet. Eike Wolfen, ein guter Freund, Deputy Sheriff von Homer City und Ehemann von Earl Arendts' verstorbener Tochter Chumani, wurde schwer verletzt. Sie selbst fing sich eine Kugel, hatte die Täter trotzdem gejagt und erwischt. Terroristen umzubringen, hielt sie damals für keine schlechte Idee. Aber der Zorn war längst verflogen.

Lozens stummgeschaltetes Smartphone vibrierte. Sie zog es nicht aus der Gesäßtasche. Falscher Zeitpunkt. Sie schaute wieder zum Gebäude gegenüber. Der Fahrlehrer verließ die Küche. Diese Aufträge machten etwas mit ihr. Sie wusste nicht genau, was, sie konnte es nicht in Worte fassen. Anfangs hatte sie die Lebensläufe gelesen, um die Gewissheit zu haben, dass es jemand erwischte, der es verdient hatte. Mittlerweile las sie die Briefings nicht mehr. Das beunruhigte sie. Sie glaubte zwar, dass man Terroristen nicht mit dem Gesetzbuch in der Hand jagen konnte, aber das hieß nicht, dass sie gleichgültig war. Dies war nicht der richtige Weg. Aber was tun? Sie könnte einfach aufstehen und gehen. Den Fahrlehrer leben lassen. Irgendwann würde die Polizei oder das FBI ihn fassen. Eine Frage der Zeit. Aber in dieser Zeit konnte er in einem anderen Restaurant ein Massaker anrichten. Sie drückte den Joint aus, steckte den Stummel in die Hosentasche und nahm das Gewehr. Die Hände waren wieder ruhig. Der Fahrlehrer saß mittlerweile im Wohnzimmer und las auf einem Tablet. Sie zielte und drückte ab. Bullseye.

Lozen nahm das Gewehr mit gekonnten Griffen auseinander, legte die Einzelteile in die Einsätze des Kofferpolsters, schloss ihn, zog die Kapuze der Jacke tief ins Gesicht und verließ das Dach. Im Treppenhaus kam ihre eine fette Frau entgegen, die Lozen nicht beachtete, weil sie mit ihrem Gewicht und den Stufen kämpfte. Auf der Straße waren viele Menschen unterwegs. Wegen eines Konzertes in der Nähe. Deshalb hatte Lozen diesen Tag gewählt. Keinem würde sie auffallen. Sie war ein Teil der anonymen Masse. Sie ging vier Blocks, nahm die U-Bahn, fuhr eine Haltestelle weit und stieg aus. Das Smartphone begann wieder zu vibrieren. Sie zog es heraus und schaute aufs Display. Es war Earl Arendts. Diesmal ging sie ran.

„Hi, Earl."

„Hallo, Lozen. Störe ich?"

„Nein."

„Wo bist du? Es hört sich seltsam an."

„Ich gehe gerade aus einer U-Bahn-Station."

„Verstehe."

Was wollte der Sheriff? Nur um zu plaudern, rief er normalerweise nicht an.

„Earl, was gibt`s?

„Jemand ist mir reingefahren. Ich hab zwei gebrochene Beine."

„Mist."

„Du sagst es. Morgen darf ich immerhin raus aus dem Krankenhaus."

Lozen fragte sich erneut, warum Earl Arendts anrief. Krankengeschichten auszutauschen war nicht sein Ding. Der große Mann, den sie selten ohne seine beige-braune Sheriff-Uniform gesehen hatte, war einer der wenigen, auf den die Bezeichnung „harter Kerl" zutraf, und harte Kerle jammerten nicht.

„Um was geht es, Earl?"

Der Sheriff atmete durch.

„Ich brauche deine Hilfe. Nicht persönlich. Bei der Arbeit."

„Aha."

„Ich kann dir nicht mehr als ein Deputy-Gehalt zahlen."

„Das ist schlecht."

„Deine Preise kann sich die Stadt nicht leisten."

„Worum geht es?"

Lozen hatte die Station verlassen und überquerte eine Straße.

„Zwei Prostituierte wurden ermordet."

„Du hast Eike."

Eike war früher Kommissar der Berliner Mordkommission gewesen.

„Weg. Hat sich eine Auszeit genommen."

Lozen blieb stehen.

„Auszeit? Das klingt nicht nach Eike."

„Er ist nicht klargekommen. Seit dem Anschlag war er nicht mehr derselbe."

„Wirklich? Als ich ihn damals aus dem Krankenhaus geholt habe, wirkte er okay. Und bei den Telefongesprächen danach auch", sagte sie.

„Manchmal dauert es, bis sich zeigt, wo man wirklich verletzt worden ist."

„Hm."

„Auf jeden Fall geht er nicht ans Telefon und beantwortet keine E-Mails und keine SMS und keine Instant-Messages."

„Seit wann?"

„Seit fast zwei Monaten."

„Hm."

„Er wird wieder auftauchen."

„Glaube ich auch", sagte sie.

Es entstand eine kurze Gesprächspause. Lozen ging weiter.

„Und deine anderen Deputys?", fragte sie.

„Filmore ist kein Ermittler. Und den Neuen, den ich habe, kann ich nicht einschätzen."

„Warum hast du ihn dann eingestellt?"

„Auf Wunsch von Kraft."

Joel Kraft war der Gouverneur von South Dakota, gleichzeitig Bürgermeister von Homer City und einer der wichtigsten Arbeitgeber von Chayton County. Er besaß eine Fleischverarbeitungsfabrik und ihm gehörte Maka Prison, eines der größten Gefängnisse in den Dakotas. Ihm schlug man keinen Gefallen ab.

„Verstehe."

„Die Highway Patrol und das FBI interessieren tote Prostituierte nicht sonderlich."

„Aber dich."

„Irgendwas stimmt da nicht."

„Intuition?"

„Auch."

„Aber da ist noch was."

„Ich glaube, dass mein Unfall kein Zufall war."

„Wie kommst du darauf?"

„Der Fahrer hat mehrere Vorstrafen, arbeitete für die Zuhälterin der Opfer und ist seit dem Unfall nicht aufzufinden."

„Klingt wirklich nicht nach Zufall."

Lozen hatte ihren Wagen erreicht. Sie öffnete ihn und legte den Koffer auf die Rückbank.

„Earl, ich muss über die Sache nachdenken. Ich kann hier nicht einfach so weg."

„Verstehe ich. War nur so eine Idee. Du hast mir mal erzählt, dass du Mordermittlungen magst. Also melde dich."

„Mach ich."

„Bye."

„Bye."

Es stimmte: Mordfälle hatten ihr immer gefallen. Der letzte lag Jahre zurück. Damals, als sie Ermittlerin beim CID gewesen war.

Lozen stieg ins Auto, stellte das Radio an und fuhr los. Ein Mann sang davon, dass, wenn der Tod anriefe, er ihm sagen würde, er habe die falsche Nummer gewählt. Nach zwanzig Minuten Fahrt hielt sie vor einem schäbigen Laden, der gebrauchte Computer verkaufte. Sie nahm den Koffer vom Rücksitz, ging ins Geschäft, in dem sich Rechner und Konsolen aus den letzten zwei Jahrzehnten stapelten und Speed Metal aus zwei riesigen Boxen dröhnte. Es gab keine Kunden. Hinter der Bedienungstheke saß ein mittelalter Mann mit Vollbart, der ein Gamepad in den Händen hielt und auf einen Monitor blickte, auf dem seine Spielfigur mit einem Maschinengewehr einen Drachen erlegte. Lozen stellte den Koffer auf die Theke. Der Gamer nickte, sie nickte und ging zurück zum Wagen. Der Mann war ein Kontakt von Nick Davout und würde das Gewehr entsorgen. Lozen wusste nicht, woher ihr Angestellter den Gamer kannte. Alte Geheimdienstkontakte, vermutete sie.

Als Lozen in ihr Apartment kam, suchte sie bei einem Streaming-Anbieter einen Film, wählte eine Komödie von den Marx Brothers. Sie liebte alte Hollywoodstreifen. Ihr Ex, der deutsche Kulturblogger Arvist Bunger, schickte ihr regelmäßig Filmtipps. Die Marx Brothers zerlegten ein Opernhaus, aber das reichte nicht, um sie auf andere Gedanken zu bringen. Was, wenn sie morgen einen neuen Auftrag bekam? Beim vorletzten Mal waren zwei verschlüsselte Mails innerhalb weniger Tage gekommen. Gegen elf Uhr abends nahm Lozen eine Schlaftablette und ging ins Bett.

Am nächsten Morgen saß sie in ihrem altmodisch eingerichteten Büro mit dunklem Holz an den Wänden, einem massiven Schreibtisch, dunkelgrünen Chesterfield-Ledersesseln, einem passenden Sofa und Western-Landschaften von Albert Bierstadt an den Wänden. Der Vormieter hatte es so hinterlassen. Ihr gefiel es. Deshalb hatte sie es nicht verändert. Sie fuhr den Rechner hoch und öffnete den Mail-Account. Erleichtert stellte sie fest, dass es keinen neuen Auftrag gab. Dann ging sie auf die lokalen News-Portale, fand keine Meldung übers Ableben des Fahrlehrers und schrieb eine verschlüsselte Nachricht an den Auftraggeber. Die Botschaft bestand aus einem Zitat aus einem Konsolenspiel: „Nichts ist wahr". Es stand für „Auftrag erledigt". Lozen hatte den Satz vorgeschlagen. Eine Kopie schickte sie an Nick Davout. Er reagierte sofort, schrieb, dass die Meldung zu spät käme. Er hatte recht. Lozen hätte sie eigentlich schon am Vorabend verschicken müssen, das war das vereinbarte Prozedere, aber sie hatte keine Lust gehabt.

„Wir sollten abbrechen. Es bringt nichts", schrieb sie an Nick Davout.

„Solch ein Auftrag braucht Zeit. Am Ende werden wir eine Win-Win-Situation haben: ausgeschaltete Terroristen, die Führung der Einsatztruppe vor Gericht und einen guten Profit für ‚Graham Security`", antwortete Nick Davout.

Lozen beneidete ihren Angestellten um seine rationale Sicht der Dinge.

Sie begann einen ausstehenden Bericht zu schreiben, aber war nicht konzentriert bei der Sache, unterbrach die

Arbeit immer wieder und sah sich Webvideos von Comedy- und Late-Night-Shows an. Zwischendurch dachte sie an Earl Arendts' Anfrage. Sie hatte ihren Reiz. Sie könnte Abstand gewinnen, nachdenken, eine Entscheidung fällen. Und sie würde etwas machen, bei dem die Fronten klar wären: ein Verbrechen, ein Täter, das war's. Auf ihrem Terminplan stand eine laufende Untersuchung gegen den Mitarbeiter eines Senators, der von einem Lobbyisten bestochen worden war. Langweilig. Fast abgeschlossen. Das konnte jemand anderes aus dem Team zu Ende bringen. Mittags rief sie den Sheriff zurück und sagte zu.

Earl Arendts mailte kurz darauf die Zugangsdaten zum Computernetzwerk des Sheriff's Office. Sie schaute sich die Akten der Ermordeten an:

Opfer 1: Susan Knufken, 23, Prostituierte, ohne festen Wohnsitz. Letzte gemeldete Adresse: „George Crook Trailer Park". Vater ein Sioux. Starb an Krebs, als sie ein Baby war. Als Kind von einem der Liebhaber der Mutter wiederholt vergewaltigt. Verwandte, die im westlichen Teil von Chayton County und in der Buffalohead

Reservation lebten. Vorstrafen wegen Drogenbesitzes, Prostitution und Körperverletzung. Heroinabhängig. Zwei abgebrochene Therapieversuche. Zwei Kinder von zwei Männern. Beide bei Pflegefamilien. Leiche gefunden von einem Jäger in der Nähe des Homer River. Getötet durch einen Schlag auf den Schädel. Tatwaffe: vermutlich ein Hammer. Ihre Mutter hatte sie zwei Tage, bevor sie tot aufgefunden wurde, als vermisst gemeldet. Zuletzt hatte sie ein Tankstellenbesitzer in der Nähe des „Sheridan's Inn" gesehen.

Opfer 2: Mollie Wald, 32, Prostituierte, lebte im „George Crook Trailer Park". Mutter eine Alkoholikerin, der Vater saß wegen Raubmordes in Maka Prison. Aufgewachsen in Heimen. Vorstrafen wegen Drogenbesitzes, Prostitution und Körperverletzung. Heroinabhängig. Leiche gefunden von einem betrunkenen Pärchen am Homer River. Getötet durch einen Schuss in den Kopf. Spurensicherung hatte ein Projektil sichergestellt. Kaliber 9 mm Parabellum. Nicht sehr aufschlussreich. War eine der weltweit am weitesten verbreiteten Patronen. Zuletzt hatte Benny Fowler das Opfer gesehen. Drei Tage, bevor sie gefunden wurde.

Lozen suchte nach den Daten des Mannes, der Earl Arendts reingefahren war, und fand sie schnell: Kurt Erbe, 34, aus Chayton County. Gemeldet im „George Crook Trailer Park". Ex-Soldat. Geschieden. Eine Tochter. Arbeitslos. Vorstrafen wegen Körperverletzung und Drogenhandels.

Lozen rief eine Karte von Chayton County auf. Der Bezirk lag am Rande der Black Hills, zwischen Butte und Lawrence County, an der Grenze zum Nachbarstaat Wyoming. Der Trailerpark lag im Westen. Sie gab den Namen der Wohnwagensiedlung in die Suchmaschine ein. Meldungen über Drogentote und Verhaftungen tauchten auf. Gouverneur Joel Kraft hatte mehrfach laut über eine Schließung nachgedacht. Es könnte Sinn machen, dort mit den Untersuchungen anzufangen, verdeckt, nicht als Polizistin, dachte Lozen. Die Bewohner von Orten wie dem „George Crook Trailer Park" lebten in geschlossenen Gesellschaften. Würde sie als Polizistin auftreten, würde kaum jemand mit ihr reden. Auf der anderen Seite könnte eine verdeckte Ermittlung mehr Zeit in Anspruch nehmen, als sie hatte, weil es dauerte, bis man als Teil einer solchen Gesellschaft akzeptiert wurde. Und es bestand die Gefahr, dass jemand sie erkannte, da sie schon in Chayton County gewesen war, allerdings nicht in der Nähe des Trailerparks.

Sie prüfte die Argumente, kam aber zu keiner Lösung. Sollte sie eine Münze werfen, wie der Schurke in einem der alten Batman-Filme? Nein, das war Schwachsinn. Sie holte sich einen Cappuccino mit Karamellsirup aus der Kaffeeküche. Was machen? Klassisch, ohne Risiko? Oder unkonventionell? Ersteres wäre der professionelle Weg. Letzteres reizvoll. Reizvoll. Reizvoll war gut. Es konnte fürchterlich schiefgehen, aber ihr gefiel die Idee, nach Chayton County zu reisen und dort als jemand anders zu agieren.

5.

„George Crook Trailer Park":

Zwei Möbelpacker räumten einen abgetakelten Trailer, vor dem ein leerer Blumentopf und ein Einkaufswagen, in den jemand ein zerbrochenes Waschbecken gepackt hatte, standen. Die Habseligkeiten des Bewohners trugen die Männer in einen Minivan. Sie mussten sich nicht überanstrengen. Ein Schaukelstuhl, ein Fernseher und mehrere Kisten – das war's. Ein alter Mann, der ein gelbes Poloshirt, eine braune Jagdweste und blaue Jeans trug, sah ihnen zu. Er weinte. Neben ihm standen Benny Fowler und ein Deputy Sheriff, die sich unterhielten. Der Deputy war mittelgroß, muskulös und jung. Die Schläfen waren rasiert, das Haupthaar blond. Lozen, die vor ihrem Trailer saß und rauchend die Zwangsräumung beobachtete, kannte ihn nicht. Es musste der Neue sein, von dem Earl Arendts gesprochen hatte.

„Genießt du die Show?"

Johnnie To lehnte an ihrem Trailer.

„Und wie. Es sollte einen ‚YouTube'-Kanal dafür geben."

Johnnie To, der mitgenommen wirkte, setzte sich auf den freien Stuhl. Sie hatte ihn recherchiert. Er hieß tatsächlich wie der Regisseur. Laut Datenbank des Sheriff's Office war er 23 Jahre alt, geboren in San Francisco, wo er die meiste Zeit seines Lebens verbracht hatte. Vorstrafen wegen Einbruchs in Kalifornien. Besaß dort einen Spitznamen: „Hombre Araña", der Spinnenmann. „Hombre Araña" hatte weitere Vorstrafen wegen Drogenmissbrauchs in Kalifornien und South Dakota. Lebte seit drei Jahren in Chayton County. Kein Hinweis, was ihn von der Westküste in den Wilden Westen getrieben hatte.

Die Möbelpacker waren fertig. Sie stiegen in den Minivan und fuhren davon. Benny Fowler und der Deputy Sheriff gingen Richtung Ausgang. Zurück blieb der Alte, der auf den Wohnwagen starrte, aus dem er rausgeworfen worden war.

„Vier Jahre hat Alfie in dem Wrack gelebt. Hatte früher eine kleine Farm und eine Ehefrau. Die Frau starb an Krebs, die Farm brachte nicht genug Geld. Jetzt hält er sich mit Aushilfsjobs über Wasser", sagte Johnnie To.

„Wer bist du? Der inoffizielle Chronist des Trailerparks?"

„Wäre 'ne Idee."

Laconia schlurfte vorbei. Eine verspiegelte Sonnenbrille verdeckte die Augen. Sie trug eine bunte Bluse mit Blumenmotiven, einen schwarzen Kunstlederrock, eine Strumpfhose mit Kreuzmuster und ausgelatschte Cowboystiefel. In der Hand hielt sie eine sackähnliche Tasche.

„Laconia", sagte Johnnie To.

Die Frau schaute zu ihm, lächelte müde und kam rüber. Auch sie hatte Lozen recherchiert. Mit vollem Namen hieß sie Laconia Smith. In Chayton County geboren, lebte im Trailerpark und war 28 Jahre alt. Eltern unbekannt. Sie hatte drei Entziehungskuren und die üblichen Vorstrafen wegen Körperverletzung, Drogenbesitzes und Prostitution vorzuweisen.

„Lozen, Laconia, ihr kennt euch ja."

„Wir kennen uns?", fragte Laconia Smith.

Sie roch nach Alkohol. Ihre Gesichtsfarbe sah ungesund gelblich aus.

„Gestern im ‚Sheridan's Inn'", sagte Lozen.

„Echt? Kann mich nicht erinnern. War "ne heftige Nacht."

„Lust auf ein Konter-Bier?"

„Nichts ist besser als ein Bier zum Frühstück."

Lozen ging in den Trailer, holte ein Sixpack, eine Flasche Whiskey und den Klappstuhl.

„Also, wie haben wir uns gestern kennengelernt?", fragte Laconia Smith, nachdem sie sich hingesetzt hatte.

„Du hast versucht, mir eine reinzuhauen."

„Wirklich? Warum?"

„Dein Freund hat mich angemacht. Du hast gedacht, es wäre anders herum."

„Mein Freund? Ich habe keinen Freund."

„Matt", sagte Johnny To.

„Matt? Der ist nicht mein Freund."

„Wirkte gestern Abend anders", sagte Lozen.

„Ist ein Wichser. Jagt jedem Arsch hinterher. Aber im Bett ist er der Hammer."

„Jeder hat seine Qualitäten."

Sie stießen an. Lozen stellte fest, dass ihr dieses frühe Bier viel zu gut schmeckte.

„Sorry für gestern. Hab "ne schlimme Zeit. Und wenn ich trinke, bin ich manchmal nicht ich selbst", sagte Laconia Smith.

„Kein Problem."

Johnnie To zog aus seiner Tasche eine kleine Schachtel, die er öffnete. In ihr befanden sich weißes Pulver und ein grünes Plastikröhrchen. Er streute ein wenig von dem Meth-Pulver auf den Deckel der Schachtel und sniffte es mit dem Röhrchen durch die Nase.

„Ich werf" eine Runde", sagte er.

Lozen lehnte ab.

„Bin seit 34 Tagen runter", sagte sie.

Die Lüge hatte sie sich vorab überlegt. Absolute Glaubwürdigkeit. Jede Abhängige hatte schon versucht, zu entziehen.

„Glückwunsch", sagte Johnnie To.

Laconia Smith nahm das Röhrchen und die Schachtel.

Der alte Alfie setzte sich im Schneidersitz vor sein ehemaliges Zuhause.

„Er sollte abhauen", sagte Laconia Smith, „sonst wird Benny ihn rauswerfen."

„Was wird er machen?", fragte Lozen.

„Hast du Lenny kennengelernt?", fragte Johnnie To.

„Lenny?"

„Lenny, der Schnorrer. Hat nur ein Bein. Quatscht jeden wegen einer Kippe an. Dabei hat er genug Kohle, um sich welche zu kaufen, weil er von irgendeinem verdammten Amt eine Rente bekommt."

„Bin ihm begegnet."

„Er und Alfie sind Freunde. Ich denke, Alfie wird vorübergehend bei ihm einziehen."

Laconia Smith öffnete die Whiskeyflasche, nahm einen Schluck und reichte sie an Lozen weiter. Sie tranken und redeten. Irgendwann kamen Mike und Margie aus dem Wohnwagen. Laconia Smith zeigte ihnen den Mittelfinger.

„Du solltest sie nicht provozieren", sagte Johnnie To.

Laconia Smith lächelte ihn an, öffnete die sackähnliche Tasche und zeigte den Inhalt: Neben Taschentüchern, einer Haarbürste und einem Lippenstift lag eine Kurz-Axt, nicht länger als 25 Zentimeter.

„Warum schleppst du eine Axt mit dir rum?", fragte Lozen.

„Seit Schweine zwei meiner Freundinnen umgebracht haben."

Laconia Smith nahm die Sonnenbrille ab. Ihre Augen waren rot unterlaufen.

„Was ist passiert?"

„Susan wurde erschlagen, Mollie erschossen. Oder wurde Mollie erschlagen? Ich weiß es nicht mehr. Ist auch egal."

„Eine Ahnung, wer es war?"

Laconia Smith antwortete nicht und nahm noch einen Schluck Whiskey.

Alfie kam rüber.

„Krieg ich ein Bier?"

„Klar", sagte Johnnie To und gab ihm eine von Lozens Dosen.

„Danke."

„Was wirst du machen?"

„Gehe zu Lenny. Oder ich haue ab. Hab eine Schwester drüben in Hill City."

Alfie nickte, ging zurück zu seinem ehemaligen Zuhause und setzte sich wieder. Johnnie To legte sein Smartphone auf den Tisch und startete eine Playlist. Ein ruhiger Song. Downbeat. Ohne Gesang. Laconia Smith begann zu weinen.

„Was ist los?", fragte Johnnie To.

Sie schluchzte.

„Wir hätten nicht da sein dürfen."

„Was meinst du?"

„Scheiße."

Laconia Smith sprang auf und lief weg.

„Ist sie immer so drauf?", fragte Lozen.

„Seit Mollie und Susan tot sind, ist alles anders."

„Gibt es keine Spur von den Tätern?"

„Nichts."

Johnnie To griff sich die Whiskeyflasche.

„Und was glaubt der Chronist des Trailerparks?"

„Der glaubt, es war Sista Louisa. Beide haben für sie angeschafft. Laconia arbeitet übrigens auch für sie."

„Warum sollte eine Zuhälterin ihre Einnahmequellen auslöschen?"

„Schön formuliert."

„Danke."

Johnnie To trank einen Schluck.

„Louisa ist ein brutales Arschloch, besonders, wenn sie gesoffen hat. Vielleicht ist sie einfach ausgerastet."

„Hm."

„Auf der anderen Seite arbeitet sie mit Matt zusammen."

Für jemanden, der unter Drogen stand und Whiskey trank, wirkte Johnnie To recht klar, dachte Lozen.

„Was ist sein Geschäft?"

Er zeigte auf das Röhrchen und die Schachtel.

„Hm."

„Seit einiger Zeit gibt es einen Konkurrenten von außerhalb. Vielleicht sind die Mädels zwischen die Fronten geraten."

„Wer ist der Konkurrent?"

„Keine Ahnung. Aber es hat ein paar Nazi-Wichser erwischt, die für Matt arbeiten."

„Erwischt – wie tot?"

„Erwischt – wie Krankenhaus."

„Hm."

Er reichte ihr die Whiskeyflasche und sie nahm einen Schluck.

„34 Tage keine Drogen. Wie sieht es mit Alkohol aus?", fragte Johnnie To.

Sie sah ihn fragend an.

„Selten jemand so gierig trinken sehen."

67 Tage seit ihrem letzten Besäufnis. Ihr Psychiater würde nicht glücklich sein. Wenn sie ihn gefragt hätte, hätte er ihr abgeraten, im Trailerpark zu ermitteln.

„Bist bei den Anonymen Alkoholikern?"

„Da gehe ich nicht mehr hin. Die Treffen machen depressiv."

„Wann hast du angefangen?"

„Keine Ahnung", sagte Lozen.

Natürlich wusste sie es. Mit dem Trinken hatte sie angefangen, nachdem sie die Special Forces verlassen und als CID-Ermittlerin begonnen hatte. Dass sie ein Problem hatte, begriff sie eines Morgens, als sie neben einem ekligen Typen aufwachte, sich nicht erinnern konnte, wie sie ihn kennengelernt hatte, und ihr bewusst wurde, dass sie öfter verkatert aufstand als nicht.

„Therapie?"

„Nein", sagte sie.

Die Lüge fiel ihr leicht. Das war kein Thema, über das sie gerne sprach. Der erste Psychiater, den sie wegen ihres Alkoholproblems aufgesucht hatte, urteilte, dass es typische Stresssyndrome einer Soldatin mit zu vielen Kampfeinsätzen wären. Ihr gefiel die Diagnose nicht. Dann traf sie Ethan Styron, den Doktor, den sie zurzeit unregelmäßig aufsuchte. Er sagte, ihr Alkoholismus habe seine Ursache darin, dass sie extrem ichbezogen wäre, deshalb beziehungsunfähig, deshalb einsam und depressiv. Das machte für sie Sinn. Deshalb entschied sie sich für ihn. Im Laufe der Zeit stellte sich allerdings heraus, dass auch er glaubte, dass sie eine kaputte Kriegsveteranin wäre.

„Warum keine Therapie?", fragte Johnnie To.

„Mach dir keinen Kopf über meine Probleme", sagte Lozen und nahm einen weiteren Schluck.

„Mach ich nicht. Frauen mit Schwächen mag ich."

„Rührend."

„Nicht wahr?"

„Zum Glück stehst du auf Typen, sonst könnte ich mich in dich verlieben."

„Wir hätten tolle Kinder. Du Indianerin, ich halb Chinese, halb Afroamerikaner."

„Keine Kinder. Die kosten zu viel Zeit und Geld."

Er lachte.

„Keine Kinder, find ich gut."

„Mann, wir sind das perfekte Paar. Geh bitte zu einer Kirche und lass dir die gotteslästerliche Homosexualität austreiben."

„Amen, Schwester. Amen."

6.

Am frühen Abend saß Lozen im Wohnwagen auf dem Bett. Sie war angetrunken, weil sie den Tag mit Johnnie To verbracht hatte. Zum Glück hatte sie, nachdem er gegangen war, zwei Stunden schlafen können. Durchs Fenster konnte sie Mike und Margie sehen, die sich bei einem Bier langweilten. Sie trank einen Schluck Instant-Kaffee und nahm ihr Smartphone vom Tisch. Sie rief die Kontaktddaten von Ethan Styron auf. Dazu gehörte ein Foto des Psychiaters. Er war ein drahtiger Mann Anfang 60 mit kantigem Kinn und strubbligen graubraunen Haaren. Sie überlegte anzurufen, entschied sich dagegen und steckte das Smartphone in die Hosentasche. Es gab zwei Optionen: den Rest des Abends abhängen und irgendeinen Film schauen – oder arbeiten. Ethan Styron würde letzteres befürworten. „Selbstdisziplin" war eines seiner Lieblingswörter. Sie kippte den Rest Kaffee runter. Also gut. Sie stand auf, zog die schwarze Jeansjacke an und ging ins „Sheridan's Inn". Sie wollte herausfinden, was Laconia mit dem Satz „Wir hätten nicht da sein dürfen" gemeint hatte.

In der Bar waren weniger Gäste als am Vorabend und es spielte keine Band. Lozen bestellte beim Barkeeper eine Cola und schaute sich um. Sie entdeckte Matt und seinen Nazi-Freund. Sie nahm das Glas und setzte sich zu ihnen.

„Du hast Mut", sagte der Kehlkopf mit dem Hakenkreuz-Tattoo.

„Nein, ich habe eine Cola", sagte sie.

Keiner lachte. Es war Zeit für Macho-Talk mit diesen Männchen, dachte Lozen, die Spaß an solchen Wortgefechten hatte, die den simplen Zweck hatten, sich Respekt zu verschaffen.

„Ich suche Laconia", sagte sie zu Matt.

Laut Polizeicomputer lautete sein voller Name Matt Breitweisser, er kam aus Chayton County und war 39 Jahre alt. Er war ein Veteran. Mit Vorstrafen wegen Körperverletzung, Drogenbesitzes und Drogenhandels.

„Keine Ahnung, wo die Schlampe ist. Hat mich heute versetzt. Warum willst du sie sehen?"

„Quatschen. Wir haben uns vorhin im Trailerpark unterhalten."

„Was ist das mit dir und Laconia? Gestern wollte sie dir eine reinhauen", sagte der Kehlkopf. „Ist das eine perverse Lesbennummer, wo ihr euch Dildos in den Hintern schiebt?"

„Dildos in den Hintern schieben, das ist Steves Nummer, oder?", fragte Lozen Matt Breitweisser.

Der Kehlkopf sprang wütend auf.

„Bleib cool, Steve", sagte Matt Breitweisser lachend.

Der Kehlkopf setzte sich, ohne den Blick von Lozen abzuwenden.

„Du hast Eier, Schlampe", sagte Matt Breitweisser.

„Ich bin kein Huhn."

Der Dealer lachte erneut.

„Ich weiß nicht, wo Laconia ist. Vielleicht liegt sie vollgedröhnt in der Farm."

„Die Farm?"

„Knappe Meile hinter dem Hotel. Da pennen die Nutten, wenn sie zu blau, stoned oder zu müde sind, um nach der Arbeit nach Hause zu fahren."

„Hm."

„Was ist dein Business?"

„Ich bin flexibel. Zuletzt bin ich gefahren."

„Was?"

„Was kommt."

„Du siehst gut aus. Du würdest im Bett viel Kohle machen. Ich könnte dir Jobs vermitteln", sagte jemand hinter ihr.

Lozen drehte sich um und sah eine mittelgroße Frau mit einer glatten Gesichtshaut und rasiertem Schädel. Sie trug ein weites graues Hemd, eine Uniformhose der Army und Turnschuhe.

„Danke. Kein Interesse."

„Schade."

Die Frau lächelte sie an.

„Du siehst wirklich klasse aus."

„Danke."

„Kann es sein, dass ich dich irgendwo schon mal gesehen habe?"

Mist, dachte Lozen.

„Kann ich mir nicht vorstellen. War noch nie in dieser Gegend."

„Hm."

Die Frau musterte sie und kniff dabei das rechte Auge zusammen.

„Denk über meinen Vorschlag nach. Wenn es mit dem Fahren nicht klappt, komm vorbei. Frag nach Sista Louisa. Das bin ich."

Die Zuhälterin nickte, ging zu einer Tür am Ende der Theke, die in ein Büro führte. Ihr Gang hatte etwas Schweres. Lozen drehte sich wieder zu Matt Breitweisser.

„Und wenn sie nicht in der Farm ist, wo könnte Laconia dann sein?"

„Hängt oft bei ihrer Cousine Lindsay rum. Die wohnt im Trailerpark."

„Okay. Danke."

Lozen stand auf.

„Hey, Schlampe, wenn du die Schwuchtel Johnnie To triffst, sag ihm, dass ich ihn mir schnappen werde", sagte Steve, der Kehlkopf.

„Er hat dich ganz schön unter Strom gesetzt, was?"

Matt Breitweisser lachte erneut.

Lozen verließ die Bar, ging an den Mülleimern vorbei, über den Parkplatz zum Hotel, das sie besser als am Vorabend sehen konnte. Es war ein lang gezogenes braunes Holzhaus mit Flachdach im Westernstyle. Es gab einen Eingang im Zentrum, links und rechts führten Treppen mit weißem Geländer in den ersten Stock, wo zwei Frauen im Minirock auf der überdachten Terrasse standen und rauchten. Aus den Sprossenfenstern drang kaum Licht.

Lozen ging ums Hotel, hinter dem die Prärie begann. In einiger Entfernung sah Lozen die Umrisse eines Hauses, vor dem jemand ein Feuer angezündet hatte, um das Menschen saßen. Es ging ein leichter Wind. Einen Weg zur Farm konnte sie nicht entdecken, auch wenn es ihn geben musste. Sie ging durchs hüfthohe Gras aufs Gebäude zu. Als sie näherkam, sah sie, dass es eigentlich zwei Häuser waren, die dicht nebeneinanderstanden. Vermutlich die ehemalige Farm und der dazugehörige Stall. Zwei Frauen, die sich eine Decke mit indianischen Mustern über ihre Schultern gelegt hatten, und ein Mann, der mit ihnen am Feuer hockte, sahen nicht zu ihr auf, als sie vorbeiging. Sie starrten apathisch in die Flammen.

Lozen drückte die Eingangstür des Hauses auf und der Geruch von verbranntem Holz und Schweiß schlug ihr entgegen. Sie stand in einem weitläufigen Raum. Frauen lagen oder saßen auf dem Boden. Einige hatten Schlafsäcke, andere Wolldecken. In der Mitte stand ein Ofen, der aussah, als hätten bereits Sitting Bull und Buffalo Bill davorgesessen. Offenbar gab es keinen Strom. Im Raum waren Kerzen aufgestellt. Lozen ging zu einer Sioux, die sich gerade einen Schuss in den Fuß setzen wollte.

„Hallo."

Keine Antwort.

„Ich suche Laconia."

Die Sioux sah Lozen an. Sie war stark geschminkt, trug einen bunten BH mit Blumenmuster, Hotpants und Cowboystiefel. Mit dem Outfit hätte sie problemlos im Video eines Country-Songs mitwirken können.

„Kenn ich dich?"

„Bin neu in der Gegend."

„Aha."

„Du bist keine Sioux."

„Nein. Chiricahua."

„Chiricahua?"

„Ja."

„Und du suchst Laconia?"

„Ja."

„Laconia ist in Ordnung."

„Stimmt."

Die Sioux stach die Nadel rechts oberhalb des dicken Zehs in den Fuß und pumpte den Stoff in ihren Körper. Dabei seufzte sie leicht.

„Laconia?", fragte Lozen.

„Nicht da."

Die Sioux legte sich hin, zündete sich eine Zigarette an und schloss die Augen.

Lozen traute der Aussage der Sioux nicht, schaute sich weiter um, befragte eine Frau in einem Sommerkleid, die Laconia Smith nicht kannte, und ging anschließend durch eine Verbindungstür in den Stall. Da lagen auch Männer. Die sahen wie Herumtreiber aus. Männliche Prostituierte, so weit war Chayton County noch nicht, glaubte Lozen. Sie befragte eine weitere Frau. Die kannte Laconia Smith, hatte sie aber an diesem Abend nicht gesehen.

Lozen wollte gehen, als ihr Blick bei einem schlafenden Mann hängen blieb. Etwas an ihm kam ihr bekannt vor. Lozen ging zu ihm. Er war kräftig, hatte längere Haare und Vollbart. Er trug ein schmutziges schwarz-weiß kariertes Hemd und genauso schmutzige Jeans. Neben ihm lag ein Rucksack. Sie schob den rechten Hemdärmel hoch. Der Arm war mit schwarzen Tribals und einem Schwert mit zwei Flügeln tätowiert. Lozen schüttelte den Mann, aber er kam nicht zu sich. Sie durchsuchte den Rucksack, fand eine Spritze und einen Plastikbeutel, in dem sich ein fast schwarzer Klumpen Black-Tar-Heroin befand. Sie schaute sich den rechten Arm erneut an. Nachdem sie keine Einstiche entdeckt hatte, sah sie sich den linken an und wurde fündig.

Sie holte ihr Smartphone raus und rief Earl Arendts an.
„Ich habe Eike gefunden."
„Was? Wo?"

„Auf der Farm. Voll weggetreten. Nach der Anzahl der Einstiche in seinem Arm zu urteilen, ist er seit einiger Zeit drauf."

„Fuck."

Der Sheriff fluchte selten.

„Was machen wir?"

„Bring ihn zu ‚Hundred Victories'", sagte Earl Arendts nach einer kurzen Pause.

„Was ist das?"

„Eine Entzugsklinik in der Nähe von Sturgis. Ich melde euch an."

„‚Hundred Victories', hundert Siege? Was für ein blöder Name für eine Entzugsklinik."

„Die Tochter eines alten Freundes leitet die Klinik."

„Ich hab kein Auto."

„Ich schicke dir jemanden", sagte Earl Arendts.

Lozen ging nach draußen und zündete sich eine Zigarette an. Der Mond schien hell. Die Frauen und der Mann saßen nach wie vor am Feuer und starrten in die Flammen. Eine halbe Stunde später sah sie, wie ein Geländewagen beim Hotel auftauchte und runter zur

Farm fuhr. Aus dem Wagen stieg ein dicklicher alter Mann mit grauem Vollbart und Glatze. Er trug Jeansjacke, Jeanshose und Turnschuhe.

„Bist du Lozen?"

„Ja."

Der alte Mann holte einen Krückstock aus dem Wagen und humpelte auf sie zu.

„Earl hat nicht gesagt, dass du so hübsch bist."

„Und Sie sind?"

„Lester Andersen. Ich hatte früher die Schlachterei in Homer."

„Verstehe."

„Du bist wirklich hübsch."

„Finden Sie im Altersheim keine Freundin?"

Der Alte sah sie verdutzt an.

„Ich hole ihn aus dem Haus", sagte Lozen und ging in den Stall.

Sie warf den Rucksack über die Schulter und zog Eike an den Beinen nach draußen zum Wagen. Er war ganz schön schwer. Mit der Hilfe des Alten, der kräftiger war, als er aussah, wuchtete sie ihn auf den Rücksitz.

„Wir fahren zu ‚Hundred Victories‘, wenn ich richtig verstanden habe?“, fragte der Alte.

„Jup.“

7.

Der geile Alte hatte Mühe, den Wagen gerade auf der Straße zu halten, weil seine Hände unwillkürliche Hinundherbewegungen machten. Vermutlich Parkinson, dachte Lozen. Zum Glück herrschte kaum Verkehr. Nach einer Dreiviertelstunde erreichten sie die Entzugsklinik, einen einstöckigen Bau in Beige an der Stadtgrenze von Sturgis. Der Eingang war eine verspiegelte Glastür. Lozen klingelte. Kurz darauf öffnete eine ältere Frau mit müdem Gesicht die Tür. Sie trug einen geschlossenen kurzärmeligen Kasack in Dunkelblau mit V-Ausschnitt, einer Brust- und zwei Seitentaschen auf Hüfthöhe.

„Ich komme von Sheriff Arendts", sagte Lozen.

„Ah ja, er hat angerufen. Kommen Sie rein."

Im Inneren roch es angenehm. Sie gingen durch einen Eingangsbereich zu einer Theke aus hellem Holz. Die Frau nahm den Hörer, drückte auf einen Knopf der altmodischen Telefonanlage und sagte: „Sie sind da, Doktor."

Lozen sah sich um: Es gab zwei Zugänge zum Eingangsbereich. Die Wände waren in einem leicht beigen Ton gehalten. Die Auslegware besaß ein scheußliches Blumenmuster. An den Wänden hingen kitschige Bilder, die Wälder und Wiesen zeigten. Sie mochte diesen Ort nicht. Ethan Styron hatte ihr nach dem Anschlag einen Aufenthalt in einer Entzugsklinik vorgeschlagen. Sie hatte ihm den Mittelfinger gezeigt.

Eine schlanke Frau mit schulterlangem grauem Haar, die ein rosa Männerhemd und Jeans trug, kam aus einer Tür auf sie zu.

„Ich bin Dr. Dorothy Mueller."

Lozen schüttelte ihre Hand.

„Earl hat gesagt, es geht um seinen Schwiegersohn."

„Ja."

„Er wurde beim Anschlag damals verletzt, richtig?"

„Treffer in die Brust und ins linke Bein. Seine Lunge wurde verletzt. Er lag im Koma."

„Und seine Frau ist vor einiger Zeit gestorben?"

„Ja."

„Viel schlechtes Schicksal für einen Mann."

„Bad Mojo."

„Wo ist er?"

„Er liegt im Wagen."

„Maggie, rufst du bitte Tom und Michael", sagte Dr. Dorothy Mueller zur Frau im Kasack.

„Sicher, Doktor."

Tom und Michael waren offensichtlich zwei Patienten. Schwere Kerle mit Vollbart und Tattoos, voll auf Methadon. Sie schleppten Eike in ein Zimmer. In dem gab es nicht viel: ein Holzbett mit einer dunkelroten Bettdecke, einen Tisch mit einem Stuhl davor, einen Kleiderschrank, ein Kreuz an der Wand. Das war's. Kein Fernseher, keine Spielkonsole, kein Computer. Die Männer legten Eike aufs Bett. Er wirkte wie tot.

Lozen sah aus dem Fenster in einen beleuchteten Garten mit Beeten, Bäumen und einer Wiese mit einer Holzlaube in der Mitte. Die Entzugsklinik umgab den Garten wie eine Mauer die Burg.

„Was jetzt?", fragte Lozen die Doktorin.

„Ich kümmere mich um ihn. Keine Besuche in den nächsten zehn Tagen."

„Okay."

„Ich werde es auch Earl sagen."

Lozen nickte Dr. Dorothy Mueller zu und ging zurück zum Ausgang. Lester Andersen lehnte am Wagen und rauchte.

„Wohin geht's, Hübsche? Es gibt ein Spitzenmotel in der Nähe. Jacuzzi, Whiskey und Bier zu vernünftigen Preisen. Ich bin voll auf Viagra und die Betten sind weich."

Lozen sah den Alten an. Er grinste schmierig und zeigte sein zu weißes Gebiss. Ekelhaft, dachte sie.

8.

Der geile Alte ließ sie beim Trailerpark raus.

„Ich warte auf deinen Anruf, meine Schöne", sagte er, als Lozen aus dem Wagen stieg. Sie antwortete nicht und warf die Beifahrertür mit aller Kraft zu. Der geile Alte fuhr winkend davon. Eine Kastrierung wäre angebracht, dachte Lozen.

Als sie sah, dass im Container von Benny Fowler noch Licht brannte, klopfte sie. Er rief sie herein. Der Trailerpark-Manager hatte die Füße auf dem Tisch, trank Bier und schaute sich ein Baseballspiel auf einem Röhrenfernseher aus dem vorigen Jahrhundert an.

„Lozen, was willst du um diese Uhrzeit? Gibt's Ärger?"

„Nein. Ich suche Lindsay, die Cousine von Laconia."

„Was willst du von Shields?"

„Shields?"

„Lindsay Shields. Das ist ihr Name."

„Soll ihr was ausrichten."

„Hm."

Benny Fowler trank einen Schluck.

„Also?"

„Ich will keine Probleme. Wenn Shields dir oder du Shields was schuldest, klärt das draußen."

„Ich soll ihr nur was ausrichten."

„Um diese Uhrzeit?"

„Jup."

Der Trailerpark-Manager nahm die Füße vom Tisch und sah sie an.

„Na gut. Soll mir egal sein."

Benny Fowler gab Lozen eine Wegbeschreibung. Lindsay Shields wohnte am westlichen Rand der Wohnwagensiedlung, in einem graugrünen Trailer, der auf einem massiven Holzgerüst stand, unter dem sich jede Menge Müll und Schrott angesammelt hatte. Durch die dreckigen Fenster war Licht zu sehen. Lozen klopfte und eine stark geschminkte Frau Mitte 40 in einem Minikleid mit Leopardenmuster öffnete. Eine Parfumwolke kam Lozen entgegen. Sie fragte nach Laconia. Lindsay Shields meinte, sie hätte sie zuletzt am

Morgen gesehen, als sie bei ihr übernachtet hatte. Das überraschte Lozen.

„Übernachtet? Wohnt sie nicht ein paar Wagen weiter?"

„Seit der Sache mit Mollie und Susan kann sie nicht mehr allein schlafen. Wenn sie keinen Typen für die Nacht hat, kommt sie zu mir."

„Verstehe. Eine schlimme Sache."

„Ja."

Die Frau sah Lozen an.

„Ich habe dich noch nie gesehen."

„Bin erst vor Kurzem hierhergezogen."

„Arbeitest du auch im Sheridan?"

„Nein. Aber da haben Laconia und ich uns kennengelernt. Ich bin eine Freundin von Johnnie To."

„Johnnie mag ich. Der grabbelt einen nicht an."

„Stimmt. Er ist kein Grabbler."

„Ich bin Lindsay."

„Lozen."

Sie schüttelten sich die Hände.

Gegen zwei Uhr morgens kam Lozen zurück zu ihrem Trailer. Als sie auf dem Bett lag, nahm sie ihr

Smartphone und rief Ethan Styron an. Wäre sie nüchtern gewesen, hätte sie nicht angerufen, aber sie war es nicht. Sie hatte sich mit Lindsey Shields zwei Stunden unterhalten, um ihr Vertrauen zu gewinnen. Dabei hatten sie Wodka und Bier getrunken.

„Ms. Graham. Was verdanke ich den Anruf zu später Stunde?"

„Warum sind Sie noch wach?"

„Ich gehe gewöhnlich spät ins Bett."

„Verstehe. Schlafprobleme?"

„Warum rufen Sie an, Ms. Graham?"

„Nur so."

„Wirklich? Was ist los mit Ihnen?"

Die Frage stellte er öfter. Seit dem Anschlag, seit sie Terroristen umbrachte.

„Nichts ist mit mir los."

„Wir hatten gestern einen Termin, zu dem Sie nicht erschienen sind."

Der Psychiater besaß eine tiefe angenehme Stimme. Lozen mochte an ihm, dass er geradeheraus war und eine leicht depressive Ausstrahlung besaß.

„Schlimm."

„Haben Sie getrunken?"

„Würde ich nie ohne Ihre Erlaubnis machen."

Der Psychiater gab ein frustriertes Grunzen von sich, das Lozen schon oft gehört hatte.

„Warum habe ich Sie nur als Patientin angenommen?"

„Weil ich so charmant bin?"

Er gab erneut ein frustriertes Grunzen von sich.

„Sie sind in South Dakota, Ms. Graham."

„Wie kommen Sie darauf?"

„Ihr Büro hat es mir mitgeteilt."

Sie musste Nick Davout und ihren anderen Mitarbeitern verbieten, dem Psychiater irgendwelche Auskünfte zu geben.

„Sind Sie noch am Apparat, Ms. Graham?"

„Jup."

„Nehmen Sie die Stimmungsaufheller, die ich Ihnen verschrieben habe?"

„Nur wenn Drinks und Joints nicht helfen", sagte Lozen.

„Verstehe. Und wie gestalten sich die aktuellen Ermittlungen?"

„Schwierig."

„Sind Sie deshalb betrunken?"

„Ich bin in einem abgefuckten Trailerpark. Um dazuzugehören, muss man unter Drogen stehen."

„Eine Ausrede."

Schweigen.

„Geht es Ihnen sonst gut, Ms. Graham?"

„Mir geht es gut. Warum fragen Sie?"

„Als Sie das letzte Mal in Homer City gewesen sind, gab es einen Anschlag, Sie bekamen eine Kugel ins Bein und zeigten körperliche Stresssymptome. Sich erneut an diesen Ort zu begeben, könnte die Symptome wieder auslösen."

„Sie dramatisieren, finde ich."

„Dramatisieren? Von einem Moment auf den anderen hat Sie ein starkes Zittern immobilisiert."

„Ich hätte Ihnen nicht davon erzählen sollen."

„Zum Glück haben Sie es getan. Also, ich frage noch mal: keine Symptome?"

„Alles bestens", sagte sie.

Eine Lüge. Das Zittern war nie verschwunden, nur schwächer geworden. Mit Joints bekam sie es unter Kontrolle. Meistens.

„Vergessen Sie nicht: Der Mensch kann nicht unbegrenzt physische und psychische Verletzungen einstecken. Sie haben bei Ihren Einsätzen im Irak, in Afghanistan, bei Ihren Ermittlungen beim CID und für Graham Security eine Menge durchgemacht."

Ethan Styron wollte, dass sie es ruhiger anging, sich auf administrative und logistische Aufgaben beschränkte. Er begriff nicht, dass sie ohne den Nervenkitzel nicht existieren konnte. Der war ihre wahre Droge, von der sie abhängig war. Ein Schreibtischjob war unvorstellbar. Das würde sie früh ins Grab bringen, aber das war ihr egal.

„Ich muss los, Doc."

„Wohin?"

„Eine Kneipe. Mein Pegel sinkt."

„Ein schlechter Scherz. Sie müssen auf sich aufpassen, Ms. Graham."

„Aufpassen?"

„Ja. Aufpassen."

„Sie haben mich überzeugt, Doc. Statt eines Drinks werde ich eine wunderbare warme Dusche nehmen und ein wenig in der Bibel blättern, um Erleuchtung zu finden."

Der Psychiater resignierte.

„Prost, Ms. Graham."

„Prost, Mr. Styron."

Lozen gähnte, ging auf die Favoritenliste ihres Smartphones und stellte Radio „Pahá Sápa" an, eine regionale Station, die von einer Gruppe Sioux betrieben wurde. Es lief die Sendung „Strange Music from a Stranger". Verschiedene Gastmoderatoren spielten unbekannte Songs aus aller Welt, rezitierten aus Romanen und Gedichtsammlungen und sprachen über abgefahrenes Zeug, von dem Lozen nur die Hälfte verstand. Sie mochte die Sendung. An diesem Abend moderierte ein Arapaho aus der Wind River Indian Reservation in Wyoming, den sie schon bei früheren Besuchen in Chayton County gehört hatte und der eine Vorliebe für düstere Geschichten, eine Philosophie namens Konstruktivismus und französische Chansons von einem Sänger namens Serge Gainsbourg besaß.

9.

Heftiges Klopfen weckte Lozen am nächsten Morgen. Sie schaute auf ihre Armbanduhr. Es war acht Uhr morgens. Zu früh. Sie fluchte.

„Aufmachen. Polizei."

Lozen stand auf, zog die schwarze Cargohose an und öffnete die Tür. Vor ihr stand der neue Deputy Sheriff. Er sah müde aus.

„Mein Name ist Deputy David Brown. Sind Sie Lozen Montoya?"

„Ja."

Sie zog einen Führerschein für South Dakota aus der Gesäßtasche und reichte ihn dem Deputy. Lozen hatte einen Vorrat an gefälschten Dokumenten, extra für Undercover-Einsätze. Sie war ein vorsichtiger Mensch und hatte ihn auf einen falschen Nach-, aber echten Vornamen anfertigen lassen. Ein einfacher Trick, um sicherzustellen, dass sie reagierte, wenn man sie ansprach.

Der Deputy warf einen Blick auf den Führerschein und gab ihn zurück.

„Worum geht es, Deputy?"

„Gegen Mitternacht wurde Laconia Smith, eine Bewohnerin dieses Trailerparks, in der Nähe des Homer River tot aufgefunden."

Der Deputy schaute in ihr Gesicht, um eine Reaktion zu erkennen. Er bekam keine.

„Was habe ich damit zu tun?"

„Sie sollen sie gestern gesucht haben."

„Stimmt. Ich habe mit ihrer Cousine und einem Freund im ‚Sheridan's Inn' gesprochen."

„Sie meinen Lindsay Shields und Matt Breitweisser."

„Wenn das ihre Namen sind."

„Wann haben Sie Laconia Smith das letzte Mal gesehen?"

„Gegen Mittag. Ich habe mit ihr hier vor meinem Trailer gesessen."

„Waren Sie befreundet?"

„Wir kannten uns. Ich bin erst vor zwei Tagen hierhergezogen. Das kann Ihnen der Manager bestätigen."

Deputy David Brown rieb sich die Augen. Wahrscheinlich war er müde, weil er seit Mitternacht nicht geschlafen, sondern ermittelt hatte. Er musste mit Lindsay Shields und Matt Breitweisser gesprochen haben, um auf sie zu kommen. Ein fleißiger Gesetzeshüter.

„Gut, Ms. Montoya, verlassen Sie bis auf Weiteres den Bezirk nicht."

„Hatte ich nicht vor."

„Einen schönen Tag."

Der Deputy drehte sich um und ging, warum auch immer, rüber zum Wohnwagen von Mike und Margie. Lozen schloss die Tür, nahm ihr Smartphone und loggte sich ins Computernetzwerk des Sheriff's Office ein. Viel stand da nicht. Ein Jäger hatte Laconia Smith in der Nähe des Homer River gefunden. Es gab Tatortfotos. Die Waffe, die in Laconia Smiths Schädel steckte, war die Axt, die Lozen in der Handtasche gesehen hatte. Sie rief Earl Arendts an.

„Hast du es schon gehört?"

„Ja. Filmore hat angerufen. Jetzt sind es drei."

„Du denkst an einen Serienkiller?"

„Nicht auszuschließen."

„Was dagegenspricht, ist der Umstand, dass sie auf unterschiedliche Weise umgebracht worden sind. Serienkiller sind meistens nicht variabel."

„Ja, meistens. Aber die Möglichkeit bleibt. Der Täter scheint Flüsse zu mögen."

„Das ist richtig."

„Wie läuft es bei dir?"

„Hast du gewusst, dass sich ein Drogendealer von außerhalb in Chayton County breitmachen will?"

„Es gab Indizien."

Nachdem sie sich vom Sheriff verabschiedet hatte, holte sie sich ein Wasser aus dem Kühlschrank und schaute sie sich einige Nachrichtenseiten an. „Pahá Sápa" und der „Homer Bugle", die lokale News-Seite von Homer City, glaubten nicht an einen Serienkiller und argumentierten dabei ähnlich wie Lozen. „American Guard", eine rechte Website, die, wie Lozen wusste, von Pierce Britton, dem Chef der „Patriot Nation", betrieben wurde, berichtete von einem verdächtigen Flüchtling aus Haiti, der dem

Voodoo-Kult anhing und die Frauen im Namen seines heidnischen Gottes umgebracht haben sollte. Die ersten nationalen Portale waren auf die Story angesprungen. Eine Nachrichtensendung hatte dem Killer einen Namen gegeben: „Homer River Ripper". Nicht sehr originell.

10.

Lindsay Shields saß müde auf der notdürftig zusammengezimmerten Holztreppe, die zu ihrem Wohnwagen führte, und starrte in den Himmel, der an diesem Tag eine wolkenlose graue Fläche war. Sie trug das Minikleid mit Leopardenmuster vom Vorabend.

„Ich wollte mein Beileid aussprechen", sagte Lozen.

Langsam senkte Lindsay Shields ihren Kopf und sah zu Lozen.

„Danke."

Ihre Stimme klang rau. Die Pupillen verrieten eine Menge von Was-auch-Immer in ihrem Blutkreislauf. Lozen reichte ihr eine fast volle Whiskeyflasche, die sie mitgebracht hatte, und setzte sich neben sie. Die Frau roch nach Schweiß.

„Laconia war ein guter Mensch", sagte Lozen.

„Ja."

Eine Katze mit nur einem Ohr kroch unter dem Trailer heraus, setzte sich und beobachtete die Frauen. Lindsay

Shields öffnete die Flasche und nahm einen tiefen Zug. Eine Weile saßen sie schweigend nebeneinander auf der Treppe, die Flasche hin- und herreichend.

„Sie hätte abhauen sollen."

„Warum?"

Lindsay Shields massierte sich den Nacken. Lozen sah Einstiche.

„Weißt du, Laconia, Mollie, Susan und ich, wir waren beste Freundinnen."

Lozen schwieg.

„War jemand hinter ihr her?", fragte sie nach einer Weile.

„Ich weiß es nicht. Ich weiß nur, dass sie Angst hatte. Sie weigerte sich zu sagen, wovor oder vor wem. Selbst wenn Laconia völlig stoned war, wollte sie es nicht herausrücken."

Lindsay Shields schüttelte den Kopf.

„Und dann hat sie sich diese verdammte Axt gekauft. Eine Axt. Als wäre sie eine verdammte Sioux aus einem Scheiß-John-Wayne-Western. Eine Axt. Fuck."

Sie trank einen Schluck Whiskey und zündete sich eine Zigarette an.

„Tschuldigung für das ‚verdammte Sioux‘. War nicht so gemeint."

„Kein Problem. Ich bin eine Chiricahua-Apachin."

Lindsay Shields sah sie an und begann zu lachen. Sie wollte gar nicht mehr aufhören. Die einohrige Katze lief davon.

11.

Zum zweiten Mal an diesem Tag riss Lozen ein Klopfen an der Trailer-Tür aus dem Schlaf. Nach dem Treffen mit Lindsay Shields hatte sie sich hingelegt, um den Rausch auszuschlafen. Wie am Morgen schaute sie auf die Armbanduhr. Es war kurz nach vier am Nachmittag. Sie zog die Cargohose an, ging zur Tür und öffnete sie. Matt Breitweisser stand vor der Tür.

„Bock auf 'nen Job?"

„Wie viel?"

„500. Transport."

„Wir kennen uns nicht. Warum bietest du mir einen Job an?"

„Personalmangel."

„Warum sollte ich für die ‚Patriot Nation' fahren?"

„Du fährst nicht für die ‚Patriot Nation'. Du fährst für mich. Ganz andere Sache."

„Weil?"

„Die Heil-Hitler-Freaks arbeiten für mich."

„Es gibt viele von den Spinnern."

„In diesem Fall kann ich nicht mit 'nem Typen aufschlagen, der ein Hakenkreuz auf den Hals tätowiert hat."

Lozen grinste und entschied sich. Den Dealer besser kennenzulernen, wäre nicht schlecht.

„Bin dabei. Ich hol' meine Jacke."

„Gut."

Lozen schloss die Tür, nahm eine schwarze Lederjacke aus der Sporttasche und zog sie an. Dabei überlegte sie, ob sie die Heckler & Koch P9S mitnehmen sollte, und entschied sich dafür. Bei Typen wie Matt Breitweisser konnte man nie wissen. Sie steckte sie hinten in den Hosenbund.

Vor Benny Fowlers Büro-Container parkte ein grauer SUV, vor dem Steve, der Kehlkopf, stand und zwei Hunde beobachtete, die in einem aufgerissenen Müllsack wühlten.

„Hey, Matt, willst du wirklich die Indianer-Schlampe mitnehmen?"

„Steve, geh ins ‚Sheridan'. Michael und Joe werden dich da abholen. Und diesmal werdet ihr aufpassen."

Lozen schob sich an Steve, dem Kehlkopf, vorbei und setzte sich hinters Steuer. Der Schlüssel steckte.

„Warum soll er aufpassen?", fragte sie, als Matt Breitweisser im Wagen saß.

„Es gab Schwierigkeiten bei der letzten Lieferung."

„Hat Steve die Lieferadresse nicht gefunden?"

Matt lächelte.

„Wir haben zurzeit Schwierigkeiten mit einem Konkurrenten."

„Verstehe. Muss ich mit Ärger rechnen?"

„500 gibt es nicht nur fürs Fahren."

„Okay."

Lozen startete den Wagen.

„Wohin?"

„Nach links."

Sie fuhren los. Im Rückspiegel sah Lozen, wie Steve, der Kehlkopf, ihr den Mittelfinger zeigte.

„Hat der Tod von Laconia was mit diesem Konkurrenten zu tun?"

Matt Breitweisser sah sie kurz an, bevor er antwortete.

„Nein."

„Wer dann?"

„War der Homer River Ripper. Sagen die Nachrichten."

„Sagen die Nachrichten."

„Du hältst das für Unsinn?"

„Keine Ahnung. Ich kenne mich mit Serienkillern nicht aus."

„Solche Typen machen einem Angst."

„Keine Ahnung. Bin nie einem begegnet."

„Bei der nächsten Kreuzung rechts."

Nach einer Viertelstunde kamen sie zu einer kleinen Ortschaft namens Luckyville Bottoms. Vor einem hübschen Haus mit Veranda und Vorgarten bat Matt Breitweisser Lozen, zu halten. Er sprang aus dem Auto, lief zur Haustür, klopfte, gab der Frau, die öffnete und wie eine durchschnittliche Hausfrau aussah, einen kleinen Plastikbeutel und bekam dafür Geld.

„Wir können weiter", sagte der Dealer, als er wieder im Auto saß.

Nach einer knappen Meile hielten sie erneut vor einem Haus, wie zuvor sprang Matt Breitweisser aus dem

Wagen und verkaufte etwas an der Haustür an einen Mann in Hemd und Schlips.

„Du lieferst die Ware zum Kunden?", fragte Lozen, als der Dealer zurück war.

„Normalerweise nicht. Aber der Typ, der diese Route hat, liegt mit 'ner Erkältung im Bett."

„Anders gefragt: Du bietest einen Lieferservice an?"

Matt Breitweisser lächelte.

„Kann man sagen."

„Wie die Mexikaner aus Nayarit in den 1990ern? War damals revolutionär."

Der Dealer sah sie an.

„Du kennst dich aus."

„Ein Mann, der Bestellungen aufnimmt, Fahrer, die eine minimale Menge an Drogen bei sich tragen und nach Hause liefern. Keine Treffen in dunklen Seitenstraßen in miesen Vierteln. Finden die Kunden gut. Home Delivery."

Nick Davout hatte ihr davon erzählt.

„Und an manchen Tagen gibt es Rabatt", sagte der Dealer grinsend.

„Drogenhandel wie ein Pizza-Kurier."

„Kann man sagen."

„Ist Steve einer der Fahrer?"

„So, wie der aussieht? Mit seinem blöden Tattoo? Sicher nicht. Der macht den Kunden Angst."

Lozen lachte.

„Der nächste Kunde lebt die Straße runter."

Fast zwei Stunden kurvten sie durch Chayton County und die angrenzenden Bezirke. Zweimal sah Lozen einen dunkelblauen Wagen im Rückspiegel. Matt Breitweisser bemerkte ihn nicht, sie machte ihn nicht auf das Auto aufmerksam.

„Weißt du, wo das Rez, das Reservat, ist?", fragte Matt Breitweisser irgendwann.

„Ja."

„Da wollen wir jetzt hin."

„Okay."

Noch ein Grund, warum Steve, der Kehlkopf, nicht mitkommen sollte, dachte Lozen.

Nach zwanzig Minuten kamen sie durch eine Ansiedlung, die nur aus Schnapsläden zu bestehen schien. In einer

Gasse saßen Indianer auf dem Boden. Die meisten hatten eine Flasche in der Hand.

„Dieses Drecksloch ist Bryant. Weil im Rez Alkoholverbot herrscht, versaufen die Sioux hier ihr Geld", sagte Matt Breitweisser.

Lozen überkam unvermittelt der Wunsch den Ort niederzubrennen.

Sie fuhren an einem rustikalen Straßenschild aus Holz vorbei. Auf dem stand: „Sie betreten die Buffalohead Indian Reservation. Land der Oglala Sioux. Keine Jagd ohne Erlaubnis durch den Stamm."

„Du hast Kunden im Rez?"

„Wirst du schon sehen."

Lozen überholte einen verrosteten Pick-up, der von einem jungen Typen gesteuert wurde, der ihr die Zunge zeigte. Buffalohead kämpfte mit den gleichen Problemen wie die meisten Reservate, hatte Eike Lozen erzählt: Arbeitslosigkeit, Alkoholismus und Drogensucht. Ein Casino war die einzig nennenswerte Einnahmequelle, in dem 140 Sioux arbeiteten und dessen Gewinne größtenteils in Sozial- und Ausbildungsprojekte gesteckt wurden. Zumindest offiziell. Am Straßenrand sah Lozen einen Fahnenmast. Die US-Flagge wehte im Wind. Sie war zerfetzt und hing falsch herum, mit den Sternen nach unten.

Nach einer Weile gelangten sie zu einer Kreuzung. Nach links ging es zum Casino. Laut Hinweisschild hieß es „Prairie Winds Casino".

„Weiter geradeaus", sagte Matt Breitweisser.

„Okay."

„Da streiten sich die Sioux drüber."

„Worüber?"

„Über den Namen. Drüben in der Pine Ridge Reservation gibts auch ein Casino. Das ist viel länger da. Hat fast den gleichen Namen. Die Sioux aus Pine Ridge haben ihre Brüder hier verklagt. Kann ich verstehen. Die Namensähnlichkeit verwirrt die Touristen."

„Spannende Geschichte."

Sie kamen in einen Ort mit Schlaglöchern auf der Straße und maroden Holzhäusern. Vor einem stapelte sich der Müll. Mittendrin saß eine dicke Frau mit einem Säugling, dem sie die Brust gab. Das Haus daneben war mit

Graffitis übersät. Ein kiffender Jugendlicher lehnte am Eingang, der keine Tür besaß, und beobachtete sie misstrauisch.

„Kommst du aus einem Reservat?", fragte der Dealer.

„Nein. Mein Vater war Soldat."

„Verstehe."

Sie passierten einen Spielplatz mit einem schiefen roten Klettergerüst, vor dem der ausgebaute Vordersitz eines Autos im Gras lag. Drumherum lagen Flaschen und Dosen. Die Rutsche war an einigen Stellen durchgerostet. Weiter hinten sah Lozen einen Plastikstuhl mit drei Beinen und eine Feuerstelle.

„Das wäre was für Steve", sagte sie, als sie an einer geschlossenen Garage vorbeifuhren, auf der stand: „Meine Helden haben immer Cowboys gekillt." Der Dealer lachte. Im Rückspiegel sah Lozen, wie ein Mann auf einem Pferd die Straße überquerte.

Am Ende der Ortschaft befahl Matt Breitweisser, auf einen Feldweg zu fahren, der in die Prärie führte. Links und rechts verrotteten ausgebrannte Wohnwagen und Autowracks. Vor einem Holzhaus, von dem die blaue Farbe abblätterte, blieben sie stehen. Die Fenster waren zugenagelt. Graffitis bedeckten die Vorderfront. Das Netz der Fliegentür war zerrissen. Beim Eingang stand ein altes Sofa neben einem zerbeulten Fass inmitten prall gefüllter schwarzer Müllsäcke. Matt Breitweisser sah aufs Display seines Smartphones.

„Wir sind etwas zu früh", sagte er.

„Keine Hausverkäufe mehr?"

„Für heute sind wir durch."

Er stellte das Radio an, einen Country-und-Western-Sender, drehte sich einen Joint und rauchte, ohne Lozen einen Zug anzubieten. Eine Frau sang darüber, wie sie den Wagen ihres Freundes zerkratzte, der sie betrogen hatte.

Nach einer halben Stunde sah Lozen vier Motorräder und einen alten Pick-up auf dem Feldweg.

„Da sind sie", sagte Matt Breitweisser und stieg aus.

Lozen folgte ihm. Der Pick-up parkte vor ihnen, die Motorräder verteilten sich um sie herum. Sie waren eingekesselt. Zwei Männer stiegen aus. Die

Motorradfahrer blieben auf ihren Maschinen. Sie trugen Lederklamotten und Kutten mit einem Logo, das einen stilisierten Indianerkopf zeigte. Darüber stand der Schriftzug „Six Nations". Den Namen hatten die Engländer im 18. Jahrhundert den Iroqouis, der Föderation der Mohawk, Onondaga, Oneida, Cayuga, Seneca und Tuscarora gegeben.

Die Motorradfahrer zogen die Helme vom Kopf. Es waren Indianer. Lozen schaute sich die Gesichtszüge der Männer an. Sie kamen aus verschiedenen Stämmen. In den Dakotas gab es, soviel sie wusste, Dakota und Lakota Sioux, Cheyenne, Arikaras und Ponca.

„Tach, Matt", sagte einer der Männer aus dem Pick-up.
Er war gebaut wie ein Wrestler, trug einen Cowboyhut, Tanktop und Jeans. Auf seinem rechten Arm war eine Tätowierung. Sie zeigte einen Kreis aus acht Tipis, deren Spitzen nach außen gerichtet waren.
„Hallo, Jeb."
„Wer ist sie?"
„Eine neue Fahrerin."

Jeb sah zu Lozen.

„Du kommst nicht aus der Gegend."

„Ich wusste nicht, dass Mohawk, Onondaga, Oneida, Cayuga, Seneca und Tuscarora aus dieser Gegend sind."

Jeb grinste.

„Wir sind eine Gruppe aus verschiedenen Stämmen. Deshalb der Name."

„Ein großer Name."

„Das ist er."

Jeb rieb sich an der Nase und zeigte auf die Umgebung.

„Und das hier war mal ein großer Ort."

„Ist das so?"

„Die Schlacht von Buffalohead."

„Nie davon gehört."

„Nicht so bekannt wie Little Big Horn. Hat es nicht in die Geschichtsbücher geschafft. 27 US-Soldaten des 9. Kavallerieregiments wurden 1876 von den Sioux getötet."

„Jetzt ist es ein Drecksloch voller Schrott und einem abgefuckten Haus", sagte Lozen.

Jeb schaute sich um und lächelte dabei traurig.

„Leider."

Der zweite Mann aus dem Pick-up war älter als Jeb, übergewichtig und wie ein Jäger gekleidet. Er gab ein Zeichen.

„Durchsucht sie", sagte er.

Ein Biker stieg vom Motorrad und ging auf Lozen zu. Er war höchstens 20, über 1,80 m und hatte lange Haare. Wie die Alten des 19. Jahrhunderts trug er eine Feder im Haar. In diesen Kreisen war es wichtig, einen Ruf zu haben, einen Ruf, der besagte: Komm mir nicht blöd. Als der Biker auf Armlänge bei Lozen stand, machte sie eine Körpertäuschung, brachte den Biker mit einem Tritt gegen das Standbein zu Fall, zog das Karambit heraus und legte die klauenförmige Klinge an seinen Hals.

„Hübsche Feder, die du da trägst."

Unberechenbar und aggressiv, dafür würden die Typen sie jetzt halten.

„Wer bist du, Schwester?", fragte der Ältere.

„Niemand."

„Welcher Stamm?"

„Chiricahua."

„Dann bist du ziemlich weit östlich."

„Ich interessiere mich nicht für Himmelsrichtungen."

Der Ältere schenkte ihr die Andeutung eines Lächelns.

„Lass ihn gehen", sagte Matt Breitweisser zu Lozen.

Sie nahm die Klinge von der Kehle des Bikers, der daraufhin aufstand, sich den Hals rieb, Lozen wütend ansah und zurück zum Motorrad ging.

„Können wir zum Geschäft kommen?", fragte der Dealer.

Jeb nickte. Matt Breitweisser holte vom Rücksitz des SUV eine schwarz-weiße Sporttasche. Mit Lozen und den Männern aus dem Pick-up ging der Dealer ins Haus. Die Eingangstür war nicht verschlossen. Im Inneren stank es. Wonach, konnte Lozen nicht einordnen.

„Hübsch eingerichtet", sagte sie.

Sie standen in einem großen Raum, dessen Boden übersät war mit Flaschen, Bierdosen, Kippen, Zeitschriften und Essensverpackungen. Es gab eine durchgesessene Ledercouch, vor der ein Tisch stand, auf dem Teller mit Speiseresten, Spritzen und weitere Flaschen und Bierdosen lagen. Die Wände waren mit schlecht gemalten Comic-Figuren bedeckt.

„Stone. Beweg deinen Arsch her", sagte der ältere Mann mit lauter Stimme.

„Komm ja schon."

Eine hagere Gestalt mit kurzen schwarzen Haaren schlurfte in den Raum. Eine IMI Desert Eagle steckte vorne in seinem Hosenbund. Er trug eine mit Dollarscheinen gefüllte Supermarkt-Tüte, die er Jeb gab.

Matt Breitweisser tauschte mit Jeb die Sporttasche gegen die Tüte. Der Ältere zog den Reißverschluss der Tasche auf, warf einen Blick hinein und nickte seinem Partner zu. Alles klar, dachte Lozen, in der Tasche waren Drogen.

„Es gab wieder Ärger. Zwei meiner Leute wurden aufgemischt", sagte Jeb.

„Leute von Magnuson?"

„Ja. Er hat sich offensichtlich mit den Jungs von der ‚Army of Phantoms' zusammengetan."

Der Name „Magnuson" sagte Lozen nichts. Die „Army of Phantoms" kannte sie. Das war eine Biker-Gang in den Dakotas.

„Ich kümmere mich darum", sagte Matt Breitweisser.

„Die ‚Army of Phantoms' ist nicht größer als wir. Die kriegen wir klein."

„Ich denke darüber nach."

„Okay."

Der Dealer und Lozen verließen das Haus, gingen zurück zum SUV und stiegen ein. Die Männer auf den Motorrädern beobachteten sie dabei.

„Wissen Steve und seine Spinner, dass du mit den ‚Six Nations' zusammenarbeitest?", fragte Lozen.

„Ja. Die Jungs arbeiten in den beiden Dakotas, die ‚Six Nations' in den Reservaten und Minnesota. Auf diese Weise kommen sie sich nicht in die Quere."

„Geschäft vor Gesinnung."

„Schön gesagt."

Jeb, der ältere Mann und der Typ namens Stone kamen aus dem Haus.

„Können wir los?", fragte sie.

„Ja."

„Wohin?"

„Zum ‚Sheridan'."

Lozen startete den Wagen. Die Motorradfahrer machten Platz.

Matt Breitweisser stellte den Country-und-Western-Sender an. Ein Song aus einem alten 1970er-Film. Der Sänger sang von Alkoholschmugglern, die Bier transportierten. Wie passend.

„Nicht schlecht, die Nummer mit dem komischen Messer. Töten ist keine große Sache für dich, oder?"

Lozen schaute ihn ausdruckslos an. Sie dachte an den Fahrlehrer, wie sie ihn im Visier und abgedrückt hatte.

„Nein. Töten ist keine große Sache", sagte Lozen.

Der Dealer sah sie an.

„Gut. Dachte ich mir", sagte er.

Sie fragte sich, warum er das gedacht hatte.

Matt Breitweisser griff in die Plastiktüte, nahm einen Stapel Scheine heraus, zählte 500 Dollar ab und gab sie Lozen, die das Geld in die Tasche der Lederjacke stopfte.

„Gute Arbeit."

„Danke."

Sie erreichten das Ende des Feldweges und Lozen bog auf die Straße. Sie passierten einen dunkelblauen Wagen, der am Straßenrand parkte. Lozen war sich sicher, dass er derselbe war, den sie auf der Herfahrt im Rückspiegel gesehen hatte.

Als sie das „Sheridan's Inn" betraten, herrschte wenig Betrieb. Steve, der Kehlkopf, war nicht da, was Lozen erleichtert zur Kenntnis nahm. Matt Breitweisser gab Sista Louisa die Tüte mit dem Geld, die sie, ohne hineinzuschauen, in ihr Büro brachte. Als sie zurückkam, gab sie eine Runde Bier aus, die der Barkeeper mit dem Vokuhila-Haarschnitt zapfte.

„Ich habe immer noch das Gefühl, dich schon mal gesehen zu haben", sagte die Zuhälterin zu Lozen, „hattest du mal Ärger mit dem Sheriff?"

„Bisher nicht."

„Es wird mir noch einfallen, wo ich dich gesehen habe. So ein hübsches Gesicht vergesse ich nicht."

„Alle Apachen sehen aus wie ich."

Sista Louisa lachte und sie stießen an.

Auf dem Fernseher über der Theke liefen Nachrichten. Der Ton war ausgestellt. Unter dem Moderator war die Bauchbinde „Serienkiller in Chayton County" eingeblendet.

„Ich hoffe, sie kriegen das Schwein", sagte Sista Louisa und nippte am Bier, „sie waren nette Mädchen. Ich habe sie echt gemocht."

„Weil sie wie Töchter für dich waren", sagte Lozen.

„Ich höre den ironischen Unterton. Aber ja: Sie waren wie Töchter für mich."

Die Zuhälterin grinste. Lozen sah, dass die Frau einen Goldzahn hatte. Sie hatte gedacht, die würden gar nicht mehr hergestellt.

„Es muss jemand von außerhalb sein. Wenn so ein kranker Wichser hier leben würde, wüssten wir es. Diese Typen fallen auf", sagte Matt Breitweisser.

„Wenn er von außerhalb ist, werden sie ihn bald schnappen", sagte Sista Louisa.

Wie aufs Stichwort betrat ein Mann die Bar und ging zögerlich zur Theke. Er hatte einen Männer-Dutt und einen Ziegenbart, trug eine türkisfarbene Softshelljacke, darunter ein beiges T-Shirt, Jeans und Wanderstiefel. Unsicher schaute er sich um. Offenbar wusste er nicht, ob dies der richtige Ort für ihn war.

„Er könnte der Homer River Ripper sein", sagte die Zuhälterin lächelnd.

Matt Breitweisser musterte den Mann, der beim Barkeeper etwas bestellte.

„Was denkst du, Lozen?", fragte er.

Der Mann zog die Jacke aus und legte sie neben sich auf die Theke. Auf dem T-Shirt war der Schriftzug „Keep Calm – Love Organic Food" zu lesen. Erneut schaute sich der Mann um. Er wirkte beunruhigt.

„Nein. Seine Unsicherheit ist nicht zu übersehen. Das ist jemand auf der Durchreise."

„Sehe ich auch so."

Das Mobiltelefon von Matt Breitweisser klingelte. Er nahm ab, hörte zu und fluchte.

„Jeb und seine Jungs wurden überfallen. Sie haben versucht, ihnen die Lieferung abzunehmen", sagte er zu Sista Louisa.

„Shit."

Lozen dachte an den dunkelblauen Wagen.

„Zwei seiner Jungs haben ordentlich was abbekommen",
sagte der Dealer.

„Sollte David sich da nicht drum kümmern?"

Matt Breitweisser warf einen kurzen Blick auf Lozen.

„Lass uns nach hinten gehen", sagte er.

Lozen sah ihnen hinterher, wie sie ins Büro gingen und
dabei den Mann mit dem Ziegenbart passierten. Er hatte
mittlerweile ein Bier bekommen. Konzentriert schaute er
sich etwas auf einem Tablet an. Zwei Frauen betraten die
Bar. Sie entdeckten den Fremden, schauten sich kurz an,
setzen sich dann rechts und links neben den Mann und
sprachen ihn an. Als die Frau rechts von ihm eine Hand
auf seinen Oberschenkel legte, schaute er überrascht.
Nein, er wusste definitiv nicht, wo er war. Lozen grinste,
stand auf und verließ das „Sheridan's Inn".

Auf dem Weg zum „George Crook Trailer Park"
überlegte sie, wie sie weiter vorgehen sollte. Sie könnte
mit Johnnie To und den anderen saufen, bis die Leber
kapitulierte, aber ob das irgendwo hinführte? Weiter für

Matt Breitweisser Jobs erledigen – und dies mit einem möglichen Erfolg zu rechtfertigen – kam nicht in Frage. Sie hatte die Grenze bereits überschritten. Und dann war da Sista Louisa. Wenn der Zuhälterin irgendwann einfiel, woher sie sie kannte, hatte Lozen ein echtes Problem. Sie brachte sie bereits in Beziehung zum Sheriff. Es konnte gut sein, dass die Zuhälterin sie mal zufällig zusammen gesehen hatte.

Als Lozen ihren Trailer erreichte, saß Johnnie To davor. Er hatte Kopfhörer auf, hörte Musik über sein Smartphone und trank dabei aus einer Whiskeyflasche, die in einer braunen Papiertüte steckte. Mike und Margie aßen vor ihrem Wohnwagen zu Abend. Dosenbier und abgepackte TV-Dinner. Johnnie To sah Lozen, winkte ihr zu und zog den Kopfhörer ab.

„Eine Einmannparty?", fragte sie.

„Das sind oft die besten."

„Stimmt. Aber jetzt ist es vorbei mit dem Spaß."

Lozen setzte sich. Er reichte ihr die Flasche. Sie nahm einen Schluck.

„Guten Tag gehabt?", fragte Johnnie To.

„Ein paar Dollar verdient. Hab einen Fahrerjob für Matt erledigt."

„Seid ihr jetzt beste Freunde?"

„Würde ich nicht sagen."

„Gut. Standhaft geblieben?"

„Ja."

„Er vertickt unter anderem Black-Tar-Heroin. Das ist harter Stoff."

„Ich weiß."

„Hm."

„Jemand hat seine Leute überfallen", sagte Lozen.

„Vor einer Woche haben sie Nazi-Steve ausgeraubt, als er eine Lieferung nach Rapid City gebracht hat."

„Wer macht sowas?"

„Einige meinen, es wäre jemand von oben aus Yankton."

„Glaubst du, dass die Morde an den Frauen was damit zu tun haben?"

„Wie ich beim letzten Mal gesagt habe, sie könnten irgendwie ins Kreuzfeuer geraten sein. Aber eigentlich: nein. Die drei hatten nichts mit dem Drogenhandel zu tun. Die waren Junkies, nicht Verkäufer."

„Hm."

„Glaubst du etwa nicht an den Homer River Ripper?"

„Genauso wenig wie an die Zahnfee."

12.

Am nächsten Morgen fuhr Lozen auf der Yamaha die Main Street von Homer City entlang, mit ihren rotbraunen Backsteingebäuden und Holzhäusern im Western-Style. Seit ihrem letzten Besuch hatte sich nichts geändert. Sie fuhr vorbei an Susan Ralstons Klamottenladen „Bargain Barn", an „Black Hills Gold", dem örtlichen Schmuckladen, an den beiden danebenliegenden Kunstgalerien, an „Frank's Bakery" und „Mike's Diner", an „Durham Sports", der Buchhandlung „Piles of Books", dem „Larsen Hotel" und dem einzigen Café der Stadt, dem „Morrison". Nachdem Johnnie To gegangen war, hatte sie nachgedacht und war zum Schluss gekommen, die Undercover-Ermittlung zu beenden. Das Risiko war zu hoch. Sista Louisa konnte wirklich jederzeit einfallen, woher sie Lozen kannte. Ein nicht zu kontrollierender Faktor. Je nachdem, in welcher Situation es geschah, konnte es unangenehm werden. Die Entscheidung hatte natürlich einen Preis. Lindsay Shields oder Johnnie To würden wahrscheinlich nicht mehr mit ihr sprechen.

Sie parkte das Motorrad auf dem Parkplatz hinter dem Sheriff's Office. Sie stieg ab und schaute sich um. Vom Parkplatz führte eine Straße, an der ein paar Häuser standen, zu einem bewaldeten Hügel. Idyllisch. Nach dem Frühstück hatte sie Earl Arendts über ihr weiteres Vorgehen informiert. Es mache am meisten Sinn, wenn sie die Leitung übernehme, hatte er gesagt und Lozen hatte zugestimmt. Sie ging zum Eingang des Sheriff's Office, einem aus rotbraunen Backstein gebauten, schmucklosen Gebäude, von dessen Eingang aus man auf einen begrünten Platz mit einem Brunnen in der Mitte und auf das Rathaus, ein imposantes Gebäude aus grauem Stein, sehen konnte. Earl Arendts hatte beim morgendlichen Gespräch darauf hingewiesen, dass Deputy David Brown von ihrer neuen Position nicht begeistert sein würde, weil er zurzeit der Stellvertreter war. Sie werde damit klarkommen, hatte Lozen versichert und den Sheriff gebeten, David Brown vorab zu informieren.

Sie betrat das Sheriff's Office. Die Wände bestanden aus unverputztem Stein, der Boden aus abgenutzten Dielen. Den Dienstraum füllten vier Schreibtische und eine Zelle, die durch ein Gitter vom übrigen Raum abgetrennt war. Links führte eine Tür ins Büro des Sheriffs. Am vordersten Schreibtisch saß eine ältere Frau – deren Haare einen rosa Ton hatten – und unterhielt sich mit Deputy David Brown. Sie hieß Ruth Maria Knox, wurde Ruthie gerufen und trug einen Trainingsanzug. Sie erstellte Arbeitspläne, erledigte den Papierkram und führte den Terminkalender des Sheriffs. Als Ruthie Lozen sah, lachte sie, stand auf und umarmte sie.

„Schätzchen, was für eine Überraschung, schön, dich zu sehen. Warum hast du nicht gesagt, dass du kommst?"

Deputy David Brown schaute grimmig zu den beiden Frauen.

„Mark, guck, wer da ist", sagte Ruthie zu Deputy Mark Filmore, der an seinem Schreibtisch vorm Computer saß. Der Polizist erhob sich, kam nach vorne und schüttelte Lozen herzlich die Hand.

„Schön, dich zu sehen", sagte er.

„David, das ist Lozen Graham. Sie hat damals die Terroristen geschnappt, die den Anschlag verübt haben", sagte Ruthie zum neuen Deputy.

„Lozen Graham, nicht Lozen Montoya", sagte der Polizist.

„Lozen, darf ich vorstellen: Deputy David Brown."

„Wir kennen uns", sagte sie.

„Was soll das ganze Theater, Ms. Graham?"

„Ich ermittle in der Sache der toten Frauen. Auf Wunsch des Sheriffs."

„Ich weiß. Er hat mich vor einer halben Stunde angerufen."

Es war dem Gesicht des Deputys anzusehen, dass ihm die Neuigkeit nicht gefiel.

„Ich wollte ohne Aufsehen beginnen."

„Als vorübergehenden Leiter des Sheriff's Office hätten Sie mich informieren sollen."

Lozen sah ihn an.

„Sheriff Arendts hat mich als Deputy vereidigt."

„Auch das weiß ich, aber es ändert nichts. Und damit es klar ist: Dass Sie die Leitung übernehmen, halte ich für einen Fehler."

„Müssen wir darüber mit dem Sheriff sprechen?"

„Nicht nötig", sagte der Deputy nach einer längeren Pause.

„Gut."

„Schätzchen, ich weiß nicht, ob wir eine passende Uniform für dich finden", sagte Ruthie.

„Ich mache es ohne."

„Eike mochte auch keine Uniformen."

Lozen fragte sich, ob sie wusste, dass er in der Entzugsklinik war. Ruthie war meistens extrem gut informiert.

„Du weißt, dass er verschwunden ist, oder, Schätzchen?"

„Ja. Earl hat es erzählt."

„Von einem Tag auf den anderen ist er nicht zum Dienst erschienen. Selbst der Sheriff war überrascht."

„Hm."

Lozen beschloss, nichts zu sagen. Eike sollte es selbst machen, wenn er dazu in der Lage war.

„Ich hole meine Sachen aus dem Büro des Sheriffs", sagte Deputy David Brown.

„Gut. Danke. In 15 Minuten möchte ich, dass wir zusammensitzen", sagte Lozen.

Der Deputy nickte und ging zum Büro.

„Er ist nicht froh, dass du da bist", sagte Ruthie.

„Wäre ich an seiner Stelle auch nicht."

13.

„Also", sagte Lozen, die am Gitter der Gefängniszelle im Sheriff's Office lehnte und auf Ruthie und die Deputys schaute, die an ihren Schreibtischen saßen, „wir haben zwei Probleme. Erstens: einen beginnenden Drogenkrieg. Ein Konkurrent von außerhalb versucht, Sista Louisa und Matt Breitweisser aus dem Geschäft zu drängen."

„Woher wissen Sie das?", fragte Deputy David Brown.

„Ich habe meine Quellen."

Der Deputy verzog sein Gesicht.

„Und Sie sind sicher, dass wir von einem beginnenden Drogenkrieg sprechen sollten? Gangs haben dauernd Streit mit irgendjemandem."

„Gestern hat jemand Mitglieder der ‚Six Nations' überfallen, vergangene Woche Mitglieder der ‚Patriot Nation'."

„Sie wollen uns weismachen, dass die Roten und die rechten Spinner zusammenarbeiten?"

„‚Die Roten' ist wohl kaum die richtige Ausdrucksweise. Und nein, sie arbeiten nicht zusammen. Sie erledigen für einen Dealer, Matt Breitweisser, die Distribution der Drogen in verschiedenen Teilen von South und North Dakota."

Deputy David Brown kniff die Augen zusammen. Er sollte kein Poker spielen, dachte Lozen, jede Emotion war in seinem Gesicht abzulesen.

„Woher kommen diese Erkenntnisse, Ms. Graham?"

„Man nennt es Ermittlungen."

Der Deputy verzog den Mund.

„Brown, Sie nehmen bitte mit der Polizei im Rez Kontakt auf, ich will alles über die ‚Six Nations‘ und einen Typen namens Jeb wissen. Ich denke darüber nach, mit den State Troopers und dem FBI über eine eventuelle Unterstützung zu sprechen, um Sista Louisa und Matt Breitweisser zu überwachen."

„Schaffen wir das nicht ohne deren Hilfe?", fragte Deputy David Brown.

„Werden wir sehen. Sonst noch was?"

„Nein."

„Mark, für dich habe ich einen Rechercheauftrag. Such bitte in den Datenbanken einen Typen namens Magnuson."

„Kann das nicht Ruthie machen? Die ist viel besser mit dem Computerzeug."

„Ruthie?"

„Kein Problem, Lozen."

„Gut. Außer, dass dieser Magnuson was mit Drogen zu tun haben muss, weiß ich nichts über ihn. Vielleicht kommt er aus Yankton."

„Woher haben Sie den Namen?", fragte Deputy David Brown, der erneut die Augen zusammenkniff. Er wirkte besorgt.

„Aufgeschnappt."

„Wo?"

„Im Trailerpark trifft man die interessantesten Leute."

Sie schaute in die Runde.

„Soweit alles klar?"

Ruthie und die Deputys nickten.

„Dann kommen wir zur Mordserie an den Prostituierten Susan Knufken, Mollie Wald und Laconia Smith."

„Der Ripper", sagte Mark Filmore.

„Ein Serienkiller ist nicht auszuschließen, jedoch unwahrscheinlich."

„Du glaubst an mehrere Täter?", fragte Ruthie.

„Nicht unbedingt. Serienkiller sind Psychopathen ohne rationales Motiv. Mörder, auch mehrfache, haben eines."

„Und Sie glauben an Letzteres?", fragte David Brown.

„Ja. Wir sollten unser Augenmerk auf das nähere Umfeld konzentrieren. Was uns erneut zu Matt Breitweisser bringt. Und zu Sista Louisa."

„Was heißt das?", fragte David Brown.

„Weiß ich zu diesem Zeitpunkt nicht."

„Das ist dünn."

„Das ist es."

Lozen lächelte.

Ruthies Telefon klingelte. Sie nahm ab und meldete sich mit „Homer City Sheriff's Office". Der Anrufer schien durcheinander, denn sie musste mehrfach nachfragen.

„Ihr habt einen Einsatz", sagte sie, nachdem sie aufgelegt hatte.

14.

„Legen Sie das Messer hin", sagte Deputy David Brown.

Er zielte mit seiner Waffe, die Lozen als eine Glock 17 der dritten Generation identifizierte, auf einen Mann mit Kraushaar, der bei einem ungemachten Doppelbett in einem ansonsten leeren Raum stand. In der linken Hand hielt er ein Messer, so ein Outdoor-Ding, dessen Klinge auf der einen Seite eine Säge war. Einzige Lichtquelle war eine orange Lavalampe, die auf dem Boden stand.

Der Anrufer, es war der Vermieter des Mannes, hatte Lozen und die Deputys vor einem dreistöckigen Haus erwartet, das sich unweit der Stadtgrenze von Homer City befand, mit Blick auf den Autofriedhof, den die Leute „The Desert" nannten und der sich über eine Fläche von drei Football-Feldern ausbreitete. Hunderte von Wracks rosteten vor sich hin. Die ersten Wagen waren in den 1970ern abgestellt worden. Obwohl kurz darauf ein Gesetz in Kraft trat, welches das Entsorgen von alten

Autos in der Natur verbot, wuchs der Friedhof von Jahr
zu Jahr.

Laut Aussagen des Vermieters hieß der Mann mit dem
Messer Todd Martin, lebte seit sechs Monaten in dem
Haus, hatte die Miete nie pünktlich, aber am Ende immer
bezahlt. Er arbeitete in der Küche eines Truck Stops. Der
Vermieter erzählte, er habe Todd Martin länger nicht
gesehen, sich Sorgen gemacht und geklingelt. Daraufhin
habe ihn Todd Martin, ohne die Wohnungstür zu öffnen,
angeschrien, er solle abhauen oder er werde ihm ein
Messer in den Bauch rammen.

„Legen Sie das Messer hin", sagte Deputy David Brown
erneut.
Der Mann reagierte nicht. Der Vermieter hatte Lozen und
die Deputys die Wohnungstür aufgeschlossen. Sie waren
hineingegangen und hatten Todd Martin im
Schlafzimmer entdeckt.
„Legen Sie das Messer hin", sagte Mark Filmore.
Lozen hatte die Deputys mitgenommen, weil sie sehen
wollte, wie sie mit einer solchen Situation umgingen.

David Brown leuchtete den Mann mit einer Taschenlampe an. Er sah abgemagert aus, trug ein ausgewaschenes T-Shirt und Bluejeans. Seine Augen sahen glasig aus. Die rechte Hand war nicht zu sehen. Das schien die Deputys nicht zu beunruhigen. Lozen schon.

„Achtet auf seine andere Hand", sagte sie leise.

„Zeigen Sie mir Ihre rechte Hand, Mr. Martin", sagte David Brown daraufhin.

Der Mann reagierte nicht.

„Was ist in Ihrer anderen Hand, Mr. Martin? Verstehen Sie nicht? Wenn Sie uns nicht zeigen, was Sie in der rechten Hand halten, werden Sie unter Umständen erschossen."

Todd Martin schwieg.

„Möchten Sie sterben?"

Keine Antwort.

„Vielleicht sollte ich damit reingehen", sagte Mark Filmore und zeigte den Taser, den er mitgebracht hatte.

David Brown nickte. Langsam betrat Mark Filmore den Raum.

„Stell dich nicht vor meine Waffe", sagte David Brown.

In diesem Moment riss Todd Martin seine rechte Hand nach vorne. In der hielt er, wie Lozen befürchtet hatte, eine Pistole. Mark Filmore schoss mit dem Taser und verfehlte, David Brown feuerte, bis das Magazin leer war.

Als Lozen nach Sonnenuntergang in den Trailerpark zurückkehrte, saß wieder Johnnie To vor dem Wohnwagen.

„Wird das hier dein zweites Zuhause, Johnnie?"

„Hätte ich dich vorwarnen sollen?"

Sie zog ihr Smartphone, simste ihm ihre Telefonnummer und setzte sich auf den freien Stuhl.

„Scheißtag gehabt?", fragte Johnnie To.

„Kann man sagen."

Nach der Schießerei hatte Lozen den Deputys auseinandergesetzt, wie schlecht ihre Leistung gewesen war. Sich nicht zu fragen, was Todd Martin in der zweiten Hand gehalten habe, war ein Fehler gewesen, der tödliche Folgen hätte haben können. Außerdem erklärte sie David Brown, dass es nicht nötig gewesen wäre, das ganze Magazin abzufeuern, zwei gezielte Schüsse hätten den Job getan. Der Deputy war niemand, der Kritik einstecken konnte, und wollte wissen, woher sie wüsste, wie in einer solchen Situation vorzugehen wäre. Sie hätte ihm über vergleichbare Situationen bei ihren Einsätzen in Afghanistan und Irak oder bei ihrer Arbeit als Ermittlerin beim CID erzählen können, aber sie tat es nicht. Man rechtfertigte sich nicht vor Kleinstadtbullen. Sie erwarte das nächste Mal eine bessere Leistung, hatte sie nur gesagt.

Johnnie To sah Lozen an.

„Ist was?", fragte sie.

„Ich habe gedacht, ich kann Menschen gut einschätzen", sagte er.

„Was lässt dich an deinen Fähigkeiten zweifeln?"

„Hätte nie gedacht, dass du ein Cop bist."

„Wer behauptet das?"

„Neuigkeiten verbreiten sich schnell in Chayton County." Margie kam aus dem Wohnwagen. Ihr linkes Auge war blau. Sie setzte sich auf den Boden und rauchte eine Zigarette. Ein streunender Hund lief an ihr vorbei.

Lozen fragte sich, wer geredet hatte. Vier Menschen wussten Bescheid: Earl Arendts, die Deputys und Ruthie. Sie stand auf, schloss den Trailer auf, holte einen Joint und eine Flasche Whiskey, die sie vor Johnnie To auf den Tisch stellte.

„Ist das ein Bestechungsversuch?", fragte er.

„Ein Freundschaftsangebot."

Lozen zündete den Joint an, nahm drei tiefe Züge und reichte ihn Johnnie To.

„Ich bin in Chayton, um den Mörder von Susan, Mollie und Laconia zu schnappen."

Johnnie To nahm einen Zug.

„Ist es wahr, dass du die Wichser geschnappt hast, die den Anschlag in Homer verübt haben?"

„Jup."

„Ein Freund von mir war unter den Opfern."

„Mein Beileid."

„Ich habe noch nie einen Bullen gemocht."

„Tja, wo die Liebe hinfällt.""

Er lachte.

„Wärst du hetero, würde ich in diesem Moment mit dir ins Bett gehen, Johnnie To.“

„Wie wäre es mit einer Geschlechtsumwandlung?“

„So weit gehen meine Gefühle nicht.“

Er lachte erneut.

„Okay, Lozen. Das ist doch dein Name, oder?“

„Jup.“

„Was kann ich für dich tun?“

„Halt die Augen und Ohren auf.“

„Ich bin kein Spitzel.“

„Wir suchen gemeinsam einen Mörder.“

Johnnie To nickte und lächelte.

„Gut. Wie der große Detektiv und sein Doktor.“

Sie stießen mit Whiskey an.

„Wer hat dir gesagt, dass ich hier ermittle?“

„Matt. Ich war vorhin im ‚Sheridan‘.“

„Woher weiß er es?“

„Keine Ahnung.“

„Schade.“

„Pass auf ihn auf. Er war vorhin echt sauer“, sagte Johnnie To.

„Danke für die Warnung.“

„Warum wohnst du überhaupt noch hier? Kann ein Sheriff sich keine Wohnung leisten?"

Lozen hatte tatsächlich überlegt, in Eikes Haus zu ziehen. Es gab keinen Grund, weiter im Trailerpark zu hausen. Eike hatte knapp 20 Meilen von Homer City entfernt, mitten in der Prärie ein einstöckiges Haus mit einem Stall für zwei Pferde. Sie besaß einen Schlüssel. Er hatte ihn ihr vor einiger Zeit gegeben. Aber irgendwie schien ihr der „George Crook Trailer Park" der geeignetere Aufenthaltsort. Auch wenn Johnnie To recht hatte. Nicht jedem würde gefallen, dass sie ein Cop war.

„Also, warum bleibst du im luxuriösen ‚George Crook Trailer Park'?"

„Wegen der netten Nachbarschaft und der malerischen Atmosphäre."

„Nur ein Fünf-Sterne-Hotel ist schöner."

Johnnie To bemerkte, dass der Joint ausgegangen war. Er zündete ihn mit einem Wegwerffeuerzeug an, inhalierte und reichte ihn Lozen, die einen Zug nahm. Sie mochte die Kombination von Hasch- und Whiskeygeschmack.

Johnnie To sah sie an. Keine Frage, er dachte nach. Sie nahm einen weiteren Zug.

„Ich mach mir Sorgen um Lindsay", sagte er schließlich.

„Wieso?"

„Hab sie heute Morgen besucht. Sie war total drauf. Wusste kaum, was sie sagt. Hat unzusammenhängendes Zeug über Susan, Laconia und Mollie erzählt."

„Ich sollte zu ihr rübergehen."

„Ist nicht da. Ist mit irgendeinem Typen unterwegs."

„Okay."

Johnnie To zog sein Mobiltelefon heraus und tippte was ein.

„Danke für die Infos", sagte Lozen.

„Keine Ursache. Das Killerschwein sollte nicht ungestraft davonkommen."

„Wird er nicht."

„Du bist süß, wenn du tough bist."

„Idiot."

„Lass uns noch mal über die Geschlechtsumwandlung sprechen."

Kurz darauf piepte Lozens Smartphone. Johnnie To hatte ihr seine Telefonnummer gesimst.

15.

Es war warm. Ein leichter Nieselregen ging nieder. Der Himmel war grau, bedrohlich und echt deprimierend. Wie waren die Aussichten? Ein Hoch dank Stimmungsaufhellern. Lozen kniete am bewaldeten Flussufer des Homer River und schaute auf die Leiche vor ihr, die im seichten Wasser am Ufer lag. Trotz Lederjacke war ihr kalt. Um sieben Uhr morgens hatte Ruthie sie aus dem Bett geklingelt. Bei diesem Fall schien Ausschlafen ein Luxus zu sein. Die Leiche war keine Frau, sondern ein Mann. Lozen hatte ihn sofort erkannt. Es war der Ziegenbart aus dem „Sheridan's Inn".

„Zwei Kugeln in die Brust", sagte Deputy David Brown.

„Ballistik?"

„Sitzt in Rapid Falls. Ich schick die Kugeln hin. Ich kenn da jemand. Dann geht's schneller", sagte Mark Filmore.

„Gut. Wer hat den Toten gefunden?"

„Dr. Hoskins", sagte Deputy David Brown.

„Der vom Chayton County Museums?"

Dr. Hoskins leitete das kleine Naturkundemuseum, dessen spektakulärstes Exponat Ron, der Stegosaurier, war. Wegen des vollständigen Skeletts kamen die Besucher aus dem ganzen Bezirk.

„Ja. Ich wusste nicht, dass Sie Doc Hoskins kennen."

„Was hat er hier gemacht?"

„Er angelt regelmäßig an dieser Stelle."

„Verstehe. Wissen wir, wie der Tote hierher gekommen ist?"

„Kein Wagen in der Nähe. Oben an der Straße gibt es eine Parkbucht mit verschiedenen Reifenspuren."

„Fotografieren und Abdrücke nehmen."

Lozen durchsuchte die Leiche und fand in der Softshelljacke eine Brieftasche. Sie öffnete sie und entdeckte einen Führerschein, ausgestellt in Minneapolis, Minnesota. Der Name des Toten lautete Gavin Ames. In der Brieftasche waren zwei Kreditkarten, 34 Dollar Bargeld in Scheinen, eine Mitgliedskarte für ein Fitnessstudio, ein Metropass für den öffentlichen Nahverkehr von Minneapolis und die Mitgliedskarte einer Umweltschutzgruppe namens „Green Arrow".

„Ein Mobiltelefon gefunden?", fragte Lozen.

„Nein."

Lozen reichte Deputy David Brown die Brieftasche.

„Machen Sie bitte einen Hintergrund-Check, Deputy. So schnell wie möglich."

„Ich versuche mein Bestes."

„An Versuchen bin ich nicht interessiert."

Lozen setzte sich aufs Motorrad und fuhr zum Trailer von Lindsay Shields. Sie war nicht da, weshalb Lozen weiter ins Sheriff's Office fuhr, von wo sie Earl Arendts anrief und informierte. Anschließend machte sie sich auf den Weg zu „Hundred Victories", weil sie wissen wollte, wie es Eike ging. Dr. Dorothy Mueller war nicht begeistert über ihr unangemeldetes Erscheinen, meinte, er wäre noch nicht aus dem Gröbsten raus, und untersagte ein Treffen.

Frustriert fuhr Lozen zurück ins Sheriff's Office. Gegen Mittag schickte Deputy David Brown zwei E-Mails. Die erste betraf „Six Nations" und den Typen namens Jeb. Lozen überflog die Infos. Jeb Little Sky, 48, Die üblichen

Vorstrafen, Chef der „Six Nations". Die Biker-Gang hatte Ableger in den Dakotas, Montana, Minnesota, Nebraska, und in Kanada in Manitoba und Saskatchewan. Das waren die Siedlungsgebiete der Sioux-Stämme. In der zweiten E-Mail fand sie die Angaben über Gavin Ames: 32 Jahre alt. Ledig. Content-Manager einer Internetseite, die News über Popmusik veröffentlichte und von Labeln und Clubs in Minneapolis finanziert wurde. Verhaftet während einer Demonstration in Virginia, die den Abbau einer Statue von General Lee forderte, weil der Mann im Bürgerkrieg für Sklaverei gekämpft hatte und er deshalb in den Augen der Protestler keine Ehrung durch eine Statue verdiente. Erneut verhaftet in North Dakota, als er mit Freunden eine Baustelle besetzte, an der Ölbohrungen durch Fracking geplant waren.

Lozen schaute, was der Deputy zu „Green Arrow" gefunden hatte: Die Umweltgruppe war vor zehn Jahren in Minnesota gegründet worden. Es gab rund 100 Mitglieder. Waren radikal, aber friedlich. Kämpften gegen Atomkraft, Fracking und den Bau von Ölpipelines in Naturschutzgebieten.

Deputy Mark Filmore kam ins Büro.

„Die State Trooper haben den Wagen von Ames auf dem Parkplatz der Dakota Mall gefunden."

„Okay. Lass dir die Aufnahmen der Überwachungskameras kommen."

„Mach ich."

„Wissen wir mittlerweile, wo Ames gewohnt hat?"

„Im ‚Larsen Hotel'. Ist vorgestern eingezogen."

„Hat er mit jemandem telefoniert?"

„Weiß ich nicht."

„Check es bitte. Auch wenn die meisten Menschen ihr Mobiltelefon benutzen: Man weiß ja nie."

„Er hatte keines bei sich."

„Was nicht heißt, dass er keins besaß."

Gegen sechs Uhr abends zog Lozen die Jacke an, schwang sich aufs Motorrad und fuhr zum Trailerpark. Sie stellte die Maschine hinter dem Wohnwagen ab und ging zur Eingangstür. Sie war aufgebrochen.

„Nicht umdrehen. Reingehen", sagte eine Stimme hinter ihr.

Lozen erkannte sie. Sie gehörte Steve, dem Kehlkopf. Aus dem Augenwinkel sah sie, dass er eine Pistole in der Hand hielt. Sie zog die Tür auf und trat ein. Matt Breitweisser saß breitbeinig auf dem Bett. An der Spüle lehnte ein massiger Mann, den Lozen nicht kannte.

„Steve, in der linken Hosentasche hat sie ein Messer. Nimm es ihr ab", sagte der Dealer.

Steve, der Kehlkopf, steckte seine Pistole, eine halbautomatische SIG Pro, in einen Gürtelholster und zog das Karambit am Ring heraus. Lozens Waffe im Hosenbund, die von der Jacke verdeckt wurde, bemerkte er nicht.

„Du hast mich verarscht", sagte Matt Breitweisser.

„Wer hat es dir gesagt?"

„Ein Freund."

Der Dealer lehnte sich gegen ein Rückenkissen und legte die Hände hinter den Kopf.

„Was soll diese Aktion? Ich bin quasi der Sheriff."

„Du bist eine Söldnerin. Wenn wir dich fertigmachen, wird es den meisten egal sein."

„Glaubst du?"

„Ich mag es nicht, wenn ich verarscht werde. Wir werden dir eine Abreibung verpassen, die du nicht vergisst."

Lozens Hände begannen leicht zu zittern.

„Ich interessiere mich nicht für deine Drogengeschäfte. Ich will den Mörder der Frauen."

„Mir egal."

Der Dealer grinste.

„Steve, halt sie fest."

Der Kehlkopf umklammerte sie mit den Armen. Stümperhaft, dachte Lozen.

„Mac, mach sie fertig", sagte Matt Breitweisser.

Der Typ an der Spüle baute sich auf. Mac hatte, abgesehen von einem Haarbüschel über der Stirn, den Schädel rasiert. Er trug ein Flanellhemd, dessen Ärmel abgeschnitten waren. Bizeps und Trizeps hatte er im Fitness-Center viel Aufmerksamkeit geschenkt. Mac lockerte die Schulter und ballte die fleischigen Hände zu Fäusten. Sein Gesicht war ausdruckslos. Mit einem Tritt zwischen die Beine änderte Lozen das. Sie wand sich aus dem stümperhaften Haltegriff vom Kehlkopf, brach ihm mit der flachen Hand den Kiefer, zog die SIG aus seinem

Holster, schlug damit Mac so hart auf den Schädel, dass die Kopfhaut aufplatzte, und zielte auf den sitzenden Matt Breitweisser, für den alles viel zu schnell gegangen war.

„Raus", sagte sie.

Als die Männer den Wohnwagen verlassen hatten, warf sie die SIG aufs Bett, zog mit der linken Hand einen Joint aus der Jacke und zündete ihn an.

16.

Mit gesenkten Köpfen gingen Matt Breitweisser und seine Schläger zum Ausgang des Trailerparks, wo ihr SUV stand. Der Dealer holte eine Flasche aus dem Wagen, die er herumreichte. Als sie leer war, warf er sie auf den Asphalt, wo sie zersplitterte. Nach diesem sinnlosen Akt der Zerstörung stiegen die Männer ein und fuhren weg. Der erste Halt war das Chayton County Hospital. Matt Breitweisser wartete im Wagen, während der Kehlkopf und der Typ namens Mac ihre Verletzungen behandeln ließen. Nach einer halben Stunde ging es zum „Sheridan's Inn", wo die verarzteten Schläger ausstiegen. Matt Breitweisser fuhr weiter nach Homer City. Er hielt vor einem grünen Shotgun-Haus mit der typisch schmalen langgezogenen Form. Hatte vermutlich die klassische Bauweise ohne Flur, die Zimmer direkt miteinander verbunden. Diese Häuser gab es eigentlich nur im Süden. Irgendwer hatte eines in Chayton County nachbauen lassen. Matt Breitweisser stieg aus und klopfte an die Haustür. Ein Mann öffnete. Es war Deputy David Brown.

Alles klar, dachte Lozen, die Matt Breitweisser auf dem Motorrad vom Trailerpark gefolgt war, der Deputy hatte in Umlauf gebracht, dass sie fürs Sheriff's Office arbeitete. David. Sista Louisa hatte gesagt, ein „David" sollte sie schützen. Wahrscheinlich arbeitete der Deputy mit ihr und Matt Breitweisser, besserte sein Gehalt mit illegalen Nebeneinnahmen auf. Was für ein Arsch.

Nachdem der Deputy und der Dealer sich verabschiedet hatten und Matt Breitweisser abgefahren war, machte sich Lozen auf den Weg zu Earl Arendts. Er wohnte am Stadtrand, oberhalb der Bahngleise, in einem einstöckigen Haus aus dunklem Holz mit vielen Fenstern, das er selbst gebaut hatte. Im ersten Stock gab es eine Terrasse, von der man auf die Gleise und Homer City schauen konnte.

Es dauerte, bis die Tür geöffnet wurde. Earl Arendts saß in einem Rollstuhl, der für den großen Mann viel zu klein wirkte. Er trug ein schwarz-rotes Holzfällerhemd und eine weite blaue Trainingshose, die er über die eingegipsten Beine gezogen hatte. Der massive Schädel war kahl, eine silbergerahmte Brille saß auf der dicken Nase. Der buschige Schnauzbart aus einem anderen Jahrhundert kam Lozen grauer vor als das letzte Mal, als sie ihn gesehen hatte. Wie alt war er jetzt? Anfang sechzig?

„Lozen, was für eine Überraschung."

Sie schüttelten sich die Hände.

„Wie geht's?"

„Es geht."

Er winkte sie rein, machte eine geschickte Drehung und rollte durch den dunklen Flur ins Wohnzimmer, das eine beeindruckende Fensterfront besaß. Der Boden war mit Dielen ausgelegt. Earl Arendts umfuhr ein braunes Sofa und einen rustikalen Holztisch und hielt vor dem Kamin aus hellbraunem Stein, vor dem ein hellbrauner Teppich ausgelegt war, auf dem zwei dunkelbraune Ledersessel standen. In einer Ecke sah Lozen einen altmodischen Barwagen, auf dem Flaschen und Gläser standen.

„Setz dich."

Lozen wählte einen Sessel.

„Kommst du zurecht?", fragte sie.

„Natürlich."

„Hast du Hilfe?

„Die Schwester von Susan Ralston kommt einmal am Tag. Außerdem bringt Anna ab und zu Essen vorbei."

„Anna, sieh an."

Anna Hess war Rezeptionistin im „Larsen Hotel". Seit Lozen das letzte Mal in Homer City gewesen war, war sie davon überzeugt, dass Earl Arendts etwas mit ihr hatte, aber der Sheriff weigerte sich, darüber zu sprechen. Und die Rezeptionistin kannte Lozen nicht gut genug, um solch intime Fragen zu stellen.

„Sie bringt nur etwas zu essen."

„Sicher."

„Was kann ich für dich tun, Lozen?

„Ich muss David Brown feuern."

„Warum?"

Sie informierte den Sheriff.

„Das überrascht mich nicht wirklich."

„Warum?"

„Browns Onkel hatte eine Pill Mill, eine Verschreibungsfabrik. Er war Arzt, ein schlechter. Er hat Schmerzmittel verschrieben, von der Sorte, die abhängig machen. Massenweise, hatte einen Deal mit einem Apotheker im Norden. Die Leute standen Schlange vor seiner Praxis. Er hat mehr Leute in die Drogensucht getrieben als Breitweisser."

„Und Brown hat davon gewusst?"

„Es gab Gerüchte."

„Verstehe. Also, kann ich ihn feuern?"

Der Sheriff zog die Stirn kraus.

„Wie gesagt: Gouverneur Kraft hat ihn vorgeschlagen."

„Hm."

„Lozen."

„Sista Louisa und Matt Breitweisser gehören zu den Mordverdächtigen. Sie sind Psychopathen. Wenn Brown für sie arbeitet, wird es schwierig."

„Beschäftige David und lass ihn ansonsten außen vor. Lass die wichtigen Recherchen von diesem Davout machen, der für dich arbeitet."

„Du zahlst nicht genug, als dass Nick mitmacht."

17.

Als Lozen am nächsten Morgen ins Sheriff's Office kam, standen drei Personen im Vorraum, die sich konzentriert mit ihren Smartphones beschäftigten. Es waren zwei Frauen und ein Mann.

„Lozen, das sind Freunde von Gavin Ames", sagte Ruthie, „sie wollen mit dir sprechen."

„Okay."

„Und du solltest Karl Clagston anrufen."

„Kenne ich nicht. Wer ist das?"

„Der Leiter der Homer High School."

„Was will er?"

„Es geht um die Safes."

„Safes?"

„Erklär ich dir später. Kümmere dich erst mal um die Freunde von Ames."

Lozen schaute zu den Besuchern.

„Ich bin Lozen Graham. Kommen Sie bitte mit."

Die drei lösten ihre Blicke von den Telefonen und folgten Lozen.

„Also, was kann ich für Sie tun?", fragte Lozen, als sie sich hingesetzt hatte.

„Haben Sie eine Spur?", fragte eine der Frauen.

Sie war hübsch, Mitte 20, trug eine Jeansjacke über einem geblümten Kleid, das über den Knien endete.

„Nein. Wissen Sie, was Gavin Ames in Chayton County wollte?"

„Wir haben einen Tipp bekommen", sagte die zweite Frau.

Sie war übergewichtig, hatte fettige Haare und trug einen blauen Overall.

„Wer ist ‚wir'?"

„Wir sind von der Umweltschutzorganisation ‚Green Arrow'."

„Was für einen Tipp?"

„Jemand rief vor zwei Tagen bei uns an, sagte, dass in diesem Bezirk schreckliche Dinge passieren würden."

„Was für schreckliche Dinge?"

„Die Anruferin meinte, in Chayton würden Bäume und Tiere sterben und keiner würde es bemerken, und wenn es jemand bemerken würde, würde er oder sie schweigen", sagte die Hübsche.

„Ist die Anruferin konkreter geworden?"

„Leider nicht. Für genauere Angaben wollte sie Geld. Bar auf die Hand."

„Geld?"

„Ja. 200 Dollar."

„Sie waren bereit, zu zahlen?"

„Wir haben es diskutiert und uns dafür entschieden."

„Bekommen Sie oft Tipps, für die Geld verlangt wird?"

„Nein, das ist noch nie vorgekommen."

„Haben Sie den Anruf aufgezeichnet?"

„Wir zeichnen keine Anrufe auf. Datenschutz."

„Aber wir sind sicher, dass es etwas mit ‚Stark Oil' zu tun hat", sagte die Hübsche.

„‚Stark Oil'?"

„Ein großer Ölkonzern."

„Warum muss es was mit ihm zu tun haben?"

„Einfach. Es gibt keine Chemiefabriken in Chayton County, kein Atomkraftwerk oder andere Sachen, die nennenswerte Umweltschäden anrichten können. Außer den zwei Pipelines, die durch den Bezirk gehen und ‚Stark Oil' gehören."

„Verstehe. Hat Mr. Ames etwas herausgefunden?"

„Nicht, dass wir wüssten. Er war gestern mit der Kontaktperson in einem Lokal verabredet."

„Der Name des Lokals?"

„Ich glaube, es hieß ‚Sheridan's Inn'. Die Anruferin hat es vorgeschlagen."

„Wie kam das Treffen zustande?"

„Die Anruferin hat Datum und Ort genannt."

„Hat Mr. Ames sie getroffen?"

„Wissen wir nicht."

„Wann haben Sie das letzte Mal mit Mr. Ames gesprochen?"

„Vorgestern", sagte der Mann.

„Er hat ein Mobiltelefon?"

„Ja, sicher. Warum fragen Sie?"

„Weil es nicht aufzufinden ist."

„Wenn man ihn anruft, kriegt man die Mitteilung, dass er zurzeit nicht erreichbar ist", sagte die Übergewichtige.

„Wo war er bei seinem letzten Anruf?"

„Wissen wir nicht."

„Wissen Sie nicht. Warum sind Sie eigentlich in Chayton? Wir hätten die Angelegenheit telefonisch besprechen können."

„Wir wollen die Anruferin finden. Wir glauben, dass, was immer sie uns mitteilen wollte, mit Gavins Tod zusammenhängt und sehr wichtig ist."

„Mischen Sie sich nicht in polizeiliche Ermittlungen ein."

„Polizeiliche Ermittlungen sind uns egal."

18.

Unterhosen aus Hanf, T-Shirts mit Superheldenmotiven und politischen Sprüchen, eine braune Funktionshose, eine altmodische Rasierklinge, eine Zahnbürste aus Holz, Saul D. Alinskys Buch „Rules for Radicals", ein Booklet, das erklärte, welche Fische man essen sollte und welche nicht, aber kein Telefon – Lozen durchsuchte den Rollkoffer von Gavin Ames in seinem Hotelzimmer. Sie fuhr seinen Laptop hoch. Ein Passwort wurde verlangt. Das hatte ihr die übergewichtige Aktivistin von „Green Arrow" trotz ihres Desinteresses an polizeilichen Ermittlungen verraten. Es lautete „Garden Guerilla".

Im E-Mail-Account, Passwort „Urban Farm", stieß Lozen auf belanglose Mitteilungen, die ihr nicht weiterhalfen. Im Browserverlauf standen mehrere Links. Sie probierte sie durch. Die ersten zwei waren ein Onlinemultiplayer und ein Nachrichtenportal. Der dritte Link zeigte im Street-View-Modus einen Straßenabschnitt am Rand von Chayton County, in der Nähe von Bryant und der

Reservation. Eine hügelige Gegend, dicht bewaldet, kein Haus. Nannte sich Mina Valley. Was interessierte Gavin Ames an dieser Wildnis? Sie schaute noch mal genauer und entdeckte einen Pfad, der in den Wald führte. Sie rief eine regionale Landkarte auf, aber der Pfad war nicht verzeichnet. Auch in Online-Wanderführern der Gegend tauchte er nicht auf.

Sie rief im Sheriff's Office an und bat Ruthie, einen der Deputys im Hotel vorbeizuschicken, um den Rollkoffer abzuholen, dann verließ sie das Zimmer, ging zum Motorrad und fuhr los. Als sie die Stelle erreichte, die sich Gavin Ames angeschaut hatte, zog sich der Himmel zu. In der Ferne hörte sie es donnern. Sie stieg vom Motorrad und schaute sich um. Wie in der Street-View-Ansicht konnte sie nichts Auffälliges entdecken.

Da, wo der Pfad in den Wald führte, kniete sie sich hin. Die Erde war wegen der Regenfälle in den vergangenen Tagen nass und weich. Fußspuren von einer Person waren zu erkennen. Das Sohlenprofil, eines, wie es Wanderstiefel aufwiesen, war so gut sichtbar, dass es

Lozen ohne spezielle Fähigkeiten erkannt hätte. Im „Sheridan's Inn" hatte Gavin Ames welche getragen. Lozen machte ein Foto mit dem Smartphone und schickte es Ruthie mit der Bitte, die Abdrücke mit den Schuhen des Toten abzugleichen.

Lozen folgte dem Pfad. Er war schmal, an einigen Stellen kaum zu erkennen. Offenbar wurde der Weg selten benutzt und war sehr alt. An Baumstämmen entdeckte sie indianische Pfeilsymbole, die teilweise von Moos überwachsen waren. Nach zwei Meilen machte der Pfad einen Bogen und führte auf einen noch dichter bewaldeten Hügel. Den Stiefelabdrücken zu folgen, wurde schwieriger, weil durch die Baumkronen weniger Regen gekommen und der Boden relativ trocken war. Trotzdem konnte Lozen der Spur folgen. Wie es ging, hatte sie als Jugendliche von ihrem Onkel Kenny Aguilar gelernt, einem Vietnam-Veteranen und Alkoholiker. Lozen schaute auf die Uhr. Eine halbe Stunde marschierte sie bereits durch die Gegend. Das Donnern kam näher. Sie atmete durch. Es ging bergauf. Sie hätte sich etwas zu trinken mitnehmen sollen, dachte sie.

Nach einer weiteren halben Stunde teilte sich der Pfad. Nach links ging es weiter nach oben, nach rechts führte er hinunter. Die Fußspuren führten nach links. Als Lozen einen Fluss überquerte, wahrscheinlich der Mina River, ein Seitenarm des Homer River, brach das Gewitter los. Lozen war in wenigen Augenblicken durchnässt. Sie wollte umkehren, als sie entdeckte, was den Umweltschützer in die Gegend geführt hatte: Auf einer Fläche von vielleicht einem Football-Feld, es war schwer zu schätzen, es konnte auch eine viel größere Fläche sein, sahen die Bäume grau und tot aus. Die Blätter waren abgefallen. Die Stämme standen in einer schwarzbraunen Flüssigkeit. In der Brühe lagen ein Hirschkadaver und tote Vögel. Sie griff zum Telefon.

19.

Lozen trat aus dem Bad in ihrem Trailer. Die warme Dusche hatte gutgetan. Ihr war kalt gewesen, nachdem sie durch den Regen zurück zum Motorrad marschiert war. Die Fahrt zum Trailerpark hatte sie weiter ausgekühlt. Sie stieg in eine trockene Jeans, ein schwarzes langärmliges T-Shirt, steckte das Karambit in die rechte Hosentasche und die Heckler & Koch P9S in den Hosenbund. Sie wollte gerade die Stiefel anziehen, als ihr Smartphone klingelte. Die Rufnummer war unterdrückt. Sie nahm den Anruf an.

„Ja?"
„Ms. Graham, hier spricht Gouverneur Kraft."
„Gouverneur."
Sie und der Gouverneur kannten sich. Er hatte sie damals angeheuert, um bei der Untersuchung des Anschlags mitzuhelfen.
„Ich wusste nicht, dass Sie den Sheriff vertreten."

„Earl hat mich darum gebeten. Wegen der Morde an den Frauen."

„Aha."

„Was kann ich für Sie tun, Gouverneur?"

„Warum haben Sie mich nach dem Fund im Wald nicht direkt informiert?"

„Ich habe mich beim Emergency Response Committee des DENR gemeldet. Ist das nicht der offizielle Weg?"

Lozen hatte aus dem Wald zuerst Ruthie angerufen, die ihr die Telefonnummer des Umweltamtes, des „Department of Environment und Natural Resources", kurz DENR, gegeben hatte. Dort hatte man sie weiter an ein Mitglied des „Emergency Response Committee", einen gewissen Ruben Johansson, vermittelt, den sie von ihrer Entdeckung informiert und ihm eine Wegbeschreibung gegeben hatte.

„Ich weiß Dinge gerne zuerst, Ms. Graham."

„Verstanden. Ich werde es beim nächsten Mal berücksichtigen."

Gouverneur Joel Kraft beendete das Gespräch.

Lozen fragte sich, warum der Politiker interessiert war. Was im Wald von Mina Valley passiert war, war noch völlig unklar. Ruben Johansson hatte gemeint, dass er am nächsten Morgen vorbeischauen würde, um die Angelegenheit zu untersuchen. Lozen zog die Stiefel an, nahm die schwarze Jeansjacke aus der Sporttasche, verließ den Trailer und ging zum Motorrad. Zum Glück hatte es aufgehört zu regnen.

20.

Als Lozen das Sheriff's Office betrat, telefonierte Ruthie. Der Apparat war ein antikes Teil aus grünem Plastik mit Wählscheibe, wie man es in Filmen aus den 1970ern sehen konnte. Mark Filmore saß am Rechner. Als er Lozen bemerkte, rief er ihr zu, dass er die Aufnahmen der Überwachungskameras der Dakota Mall gesichtet habe.

„Ich komme gleich zu dir", sagte Lozen.

Sie ging ins Büro, fuhr den Rechner hoch und rief eine Landkarte auf, die die Gegend mit dem toten Wald darstellte. Das Mina Valley lag an der Grenze zwischen Chayton County und der Buffalohead Reservation und war als Naturschutzgebiet gekennzeichnet. Was interessierte einen Mann wie Joel Kraft, von dem viele glaubten, er werde bei den nächsten Wahlen gegen den amtierenden US-Präsidenten Adam A. Kettle antreten, an diesem unbedeutenden Stück Land? Als Umweltschützer war er nicht bekannt. Lozen schloss die Landkarte.

Es klopfte an der Tür.

„Herein."

Ruthie betrat das Büro.

„Schätzchen, es gibt eine Meldung von David."

„Deputy Brown?"

„Ja."

„Was wollte er?"

„Die Umweltschützer haben im ‚Sheridan's Inn' Ärger bekommen."

„Was hatten die da verloren?"

„Keine Ahnung."

„Schlimm?"

„David meinte, dass der Mann und eine der Frauen ins Krankhaus mussten."

„Hm."

„Ein Kaffee, Schätzchen? Du siehst durchgefroren aus."

„Gerne."

Lozen stand auf und ging zu Deputy Mark Filmore.

„Was hast du?"

„Ich habe die Aufnahmen angeschaut. Der Wagen von Ames wurde erst nach seinem Tod vor der Mall abgestellt."

„Das ist sicher?"

„Der Gerichtsmediziner von Rapid City hat die Todeszeit auf ungefähr ein Uhr morgens festgelegt. Der Wagen wurde um drei abgestellt."

Ruthie kam und reichte Lozen eine Tasse mit dampfendem Kaffee.

„Danke."

„Gerne, Schätzchen."

„Es gibt nicht zufällig Karamellsirup?"

Lozen liebte Kaffee mit Karamellsirup.

„Leider nicht."

„Schade."

Lozen nickte Mark Filmore zu und er rief eine Bilddatei auf, die einen Timecode in Echtzeit besaß. Die Aufnahmen waren unscharf und schwarz-weiß. Jemand fuhr einen Wagen auf den leeren Parkplatz vor der Dakota Mall.

„Das ist der Wagen von Ames", sagte der Deputy.

Eine dunkel gekleidete Person, die ein Kapuzenshirt trug und deren Gesicht nicht zu erkennen war, stieg aus und ging ohne Eile aus dem Aufnahmebereich der Überwachungskameras.

„Die Qualität des Materials ist zu schlecht, um eine Vergrößerung des Fahrers zu machen."

„Hm. Hast du was im Wagen gefunden?"

„Nichts Erwähnenswertes."

„Auch sein Telefon nicht?"

„Nein."

„Okay. Gute Arbeit, Mark."

„Danke."

21.

Draußen regnete es leicht. Lozen saß, mit Tanktop und Slip bekleidet, auf dem Bett des Trailers. Der Fernseher war an. Die beliebte Science-Fiction-Serie „Star City" lief. Sie ging mittlerweile in die dritte Staffel und erzählte von den Bewohnern einer riesigen Stadt, die durch den Weltraum schwebte. Auf dem Tisch lagen die Fernbedienung, der eingeschaltete Laptop, eine leere Bierflasche Pale Ale von Chayton Miner, einer lokalen Brauerei, und die Heckler & Koch P9S.

Lozen las auf dem Laptop den Bericht von Deputy David Brown über die Ereignisse im „Sheridan's Inn". Offenbar waren die Umweltschützer mit ihren Fragen nach Gavin Ames einigen Gästen auf die Nerven gegangen. Steve, der Kehlkopf, mit bürgerlichem Namen Steven Tillerman, hatte der hübschen Frau zwei Zähne ausgeschlagen und dem Mann das Bein gebrochen. Die Übergewichtige war mit einem blauen Auge – im wahrsten Sinne des Wortes – davongekommen. Der

Deputy hatte Steve, den Kehlkopf, festgenommen. Er war auf dem Weg nach Maka Prison.

Es klopfte an der Tür.

„Komm rein", sagte Lozen.

Johnnie To hatte ihr eine SMS geschickt, dass er vorbeikommen würde. Er sah nicht gut aus. Sein Gesicht war eingefallen und er hatte dunkle Ränder unter den Augen.

„Sexy", sagte er mit rauer Stimme, als er bemerkte, dass Lozen nur Unterwäsche trug.

„Hat dich die Stimme des Herrn endlich auf den tugendhaften Pfad der Heterosexualität geführt?"

„Schwester, gleich reiße ich dir den Slip runter und falle über dich her."

„Halleluja, Bruder."

Johnnie To legte sich neben Lozen aufs Bett.

„Teures Bier", sagte er und zeigte auf die Flasche.

„Gutes Bier."

Lozen stand auf, holte sechs Bier aus dem Kühlschrank und stellte sie auf den Tisch.

„Du hast einen guten Hintern."

„Er könnte dir gehören."

Johnnie To lachte, setzte sich auf und griff sich eine Flasche.

„Und, Sheriff, irgendwelche bösen Buben um zwölf Uhr mittags zum Duell gefordert?"

Lozen musste lächeln. Sie war noch nie als „Sheriff" angesprochen worden.

„Um zwölf Uhr mittags schlafen die bösen Buben."

„Heiliger Gary Cooper. Ist das heutzutage so?"

„Ja. Die Sitten verkommen."

Sie stießen an.

„Schön, dass du noch hier wohnst."

„Ich liebe diesen Wohnwagen."

„Hast du irgendwas von der Schlägerei im ‚Sheridan's Inn' gehört?", fragte sie.

„Du meinst die Nummer mit den Umwelt-Fuzzis aus Minneapolis?"

„Jup."

„Seltsame Sache. Haben sich zwar völlig danebenbenommen, weil sie nicht wussten, wo sie waren, aber ich glaube, sie hatten von vornherein keine Chance."

„Du warst da?"

„Yeah."

„Und?"

„Steve hatte sie auf dem Kieker. Kaum waren die drei da, hat er eine der Frauen angegraben. Aufs Heftigste. Als der Typ ihn stoppen wollte, hat Steve ihn zu Boden geworfen und das Kniegelenk zertreten. Und als die Frau ihn nicht küssen wollte, hat er ihr ins Gesicht geschlagen. Ciao, Schneidezähne. Dann kam die zweite Frau. Der hat er eins aufs Auge gegeben."

„Hm."

„Die Idioten von der ‚Patriot Nation' mögen keine Umweltschützer. Als die Nachricht von Ames' Tod die Runde machte, veröffentlichte ‚American Guard' einen Artikel darüber, wie schädlich Umweltorganisationen und der Irrglaube an den Klimawandel für die Wirtschaft seien."

„Schade, dass ich diesen Höhepunkt des Journalismus verpasst habe."

Sie stießen erneut an. Johnnie To sah zum Fernseher.

„Du stehst auf ‚Star City'?"

„Geht so."

Johnnie To griff die Fernbedienung und zappte, bis er einen Film fand, der ihm gefiel. Es ging um radikale Umweltschützer, die einen Staudamm in die Luft sprengen wollten. Regisseurin war eine Frau aus der Independent-Szene.

„Das passt", sagte er.

„Die von ‚Green Arrow' sind keine militanten Aktivisten."

„Ich hab mal Eier auf einen Manager geworfen, der für eine Chemiekatastrophe verantwortlich war."

„Kleinigkeit. Ich habe Tiere aus einem Zoo befreit, Bahngleise sabotiert, auf denen Atommüll transportiert wurde und so manch anderes."

„Wirklich?"

„Ich war 17."

„Viel Leidenschaft, wenig Rationalität."

„Kann man so sagen."

„Wurdest du erwischt?"

„Ja. Aber nicht angeklagt. Hatte Glück."

„Gut."

22.

Zwei Männer in gelben Schutzanzügen stapften durch die schwarzbraune Flüssigkeit zum Kadaver des Hirsches und versuchten, ihn hochzuheben. Sie schafften es nicht. Das verendete Tier war zu schwer. Andere Männer in gelben Schutzanzügen trugen mit Schaufeln verseuchte Erde und totes Gestrüpp ab. Wieder andere legten blaue Vlies-Saugkissen aus. Zwischen den toten grauen Bäumen standen unpassend fröhlich wirkende Schirme in Rosa, unter denen Tische und Materialien standen und Männer Kaffee tranken. Warum sind die Schirme rosa, die Anzüge gelb und die Kissen blau, fragte sich Lozen.

„Sind Sie Sheriff Graham?", fragte ein Mann in rotem Regenmantel und braunen Gummistiefeln.
„Ja, bin ich."
Lozen saß auf einem Quarter Horse. Sie hatte im Internet entdeckt, dass es keine fünf Meilen entfernt vom toten Wald eine Farm mit Pferden gab. Dort hatte sie sich das

Quarter Horse geliehen und war schneller zur Unglücksstelle gelangt, als wenn sie gewandert wäre.

„Ich bin Ruben Johansson vom DENR. Wir haben telefoniert."

„Mr. Johansson."

Die Männer beim Kadaver bekamen von zwei Kollegen Unterstützung. Gemeinsam zogen sie den Hirsch auf eine Anhöhe, die die schwarzbraune Flüssigkeit nicht erreicht hatte.

„Wissen wir schon mehr?", fragte Lozen.

„Nein."

Einen Tag nach Lozens Anruf bei Ruben Johansson hatte das DENR bekanntgegeben, dass es ein Leck in der unterirdisch verlaufenden Roosevelt-Pipeline gab, die Öl von North Dakota über South Dakota nach Patoka in Illinois transportierte. Von dort aus wurde es über andere Pipelines zu Raffinerien am Golf von Mexiko und an der Ostküste der USA befördert. Betreiber war die Firma „Stark Oil". Der Mineralölkonzern hatte am Vorabend ein Video-Statement im Internet veröffentlicht, in dem die Pressesprecherin – eine adrette, etwas füllige Frau in einem dunkelroten Anzug – eine Erklärung abgab:

„Wir entschuldigen uns für den Vorfall und entschuldigen uns für die Unannehmlichkeiten, die er ausgelöst hat. Für uns steht der Schutz der Gesundheit, der Sicherheit und der Umwelt an erster Stelle. Ein Krisenteam von uns ist vor Ort. Wir werden in Chayton County bleiben, bis alles gesäubert ist."

„Unannehmlichkeit" – das Wort hatte Lozen als unpassend empfunden.

„Wie viel Öl ist ausgelaufen, Mr. Johansson?"

„Zu diesem Zeitpunkt nicht einzuschätzen."

„Ist die Pipeline ausgeschaltet?"

„Hat ‚Stark Oil' versichert."

Ruben Johansson sah traurig aus. Ihm schien die Umweltkatastrophe nahezugehen. Er nickte Lozen zu und ging zu einem der rosafarbenen Schirme, unter dem die Männer mit gelben Schutzanzügen standen.

Es wurde noch bunter. Zwei Gestalten in dunkelgrünen Softshelljacken mit hochgezogenen Kapuzen und

Rücksäcken kamen den Pfad herunter. Es waren die Umweltschützerinnen. Lozen ritt ihnen entgegen. Die Hübsche hatte geschwollene Lippen und die Übergewichtige ein blaues Auge.

„Was wollen Sie hier?", fragte Lozen.

„Uns ein Bild der Katastrophe machen. Ist das ein Problem?", fragte die Hübsche. Sie nuschelte. Deputy David Brown hatte die Personalien der Frauen aufgenommen. Laut der Akten hieß die Nuschlerin Luna Bright, die Übergewichtige Selina Keil.

„Nein."

„Die Männer da drüben hat ‚Stark Oil' geschickt?"

„Ja."

„Viele Leute, dafür, dass es nur um Unannehmlichkeiten geht."

Lozen lächelte.

„Der Mann im roten Mantel unter dem rosa Schirm ist Mr. Johansson vom DENR. Vielleicht wollen Sie mit ihm sprechen."

„Danke."

Die Frauen gingen Richtung Ruben Johansson. Lozen beschloss, zurück zur Ranch zu reiten, wo ihr Motorrad stand. Sie spürte ein Gefühl der Erleichterung, als Bäume nicht mehr grau und die Blätter wieder grün waren.

23.

Die Scheinwerfer und Mikrofone waren angeschaltet. Die Kameras liefen. Die Show hatte begonnen. Gouverneur Joel Kraft stand auf den Treppen vor dem Rathaus von Homer City. Eine Stimme aus dem Off erklärte, wer die Männer waren, die neben ihm standen: Franklin Millar, der CEO von „Stark Oil", Vico Luciano, Chef der „United States Environmental Protection Agency", kurz EPA, die Umweltbehörde der USA, Thomas Schmidt, Chef des DENR und Rod Dalton, Chef der „Pipeline and Hazardous Materials Safety Administration", kurz PHMSA, eine Bundesbehörde, die zum „Department of Transportation" gehörte und damit beauftragt war, die Vorschriften für den sicheren und umweltfreundlichen Betrieb der Pipelines in den USA durchzusetzen. Ein Umschnitt auf die anwesenden Journalisten zeigte, dass ein geringes nationales Interesse bestand.

Lozen schaute sich die Pressekonferenz auf dem Fernseher in „Mike's Diner" an. Außer den

Umweltschützerinnen waren kaum Gäste da. Im Diner herrschte zwischen der Frühstücks- und Mittagszeit wenig Betrieb.

„Was für ein Auflauf", sagte Selina Keil.

„Wow, Luciano und Dalton sind extra angereist, was für eine Ehre", sagte Luna Bright.

Der Gouverneur eröffnete die Pressekonferenz, bedauerte den Vorfall, zeigte sich erleichtert, dass keine Menschen zu Schaden gekommen waren und versprach – in Zusammenarbeit mit der EPA und „Stark Oil" – die Situation so schnell wie möglich zu bereinigen. Danach stellte sich Franklin Millar vors Mikrofon, ein schlanker Mann mit weißem, vollem Haar, der einen schwarzen Anzug trug. Er benutzte anfangs dieselben Worte wie seine Pressesprecherin am Vortag, entschuldigte sich für den Vorfall, sprach ebenfalls von „Unannehmlichkeiten" und versicherte, dass der Schutz für Gesundheit, Sicherheit und Umwelt an erster Stelle für den Konzern standen. Als Ursache für das Unglück nannte er einen inwendigen Korrosionsschaden, der seine Firma überrascht habe und zu dem es nicht hätte kommen dürfen, weil das Öl in der Pipeline nur wenig Wasser und Kohlendioxid enthalte. Dies wären einige der Hauptgründe für Korrosion. Er vermutete, dass im Öl lebende Bakterien die Zersetzung des Metalls beschleunigt hätten.

„Bakterien im Öl, gibt's das?", fragte Lozen die Umweltschützerinnen.

„Ja, gibt es. Die werden normalerweise durch Putzmittel, die dem Öl zugefügt werden, abgetötet. Manchmal werden die Bakterien allerdings von in der Pipeline abgelagertem Schlamm vor der Wirkung der Mittel geschützt", sagte Luna Bright.

„Glauben Sie, was er sagt?"

„‚Stark Oil' hat keinen guten Ruf, was die Sicherheitsüberprüfungen ihrer Pipelines angeht. Sie hatten mehrere Lecks in den vergangenen Jahren."

„Es gibt immer weniger Regulierungen durch den Staat. Profit ist wichtiger als Sicherheit und Umwelt. Politiker und Wirtschaftsbosse sind ausschließlich an den Dollars interessiert, die sich verdienen lassen, nicht an den

Kosten, die durch den Raubbau an unserem Land für die künftigen Generationen entstehen", sagte Selina Keil.

Der Chef des DENR trat vor die Kameras, ein dicker, alter Glatzkopf in einem blauen Anzug. Er hatte nichts Neues zu sagen.

„Noch Kaffee, Ms. Graham?", fragte die schlanke, rothaarige Frau, von der Lozen wusste, dass sie Mike hieß, den Laden seit dem Tod ihres Mannes führte, ein Schwede, den alle auch nur Mike gerufen hatten.

„Gerne."

„Schlimme Sache", sagte Mike und zeigte dabei auf den Fernseher, auf dem die Pressekonferenz lief.

„Ja."

„So nah am Mina River. Ich hoffe, dass es nicht das Wasser von Homer verseucht. Man weiß ja nie."

„Man weiß ja nie."

„Stimmt es, dass Sie den Sheriff vertreten?"

„Jup."

„Haben Sie schon eine Spur vom Mörder der Mädchen?"

„Nein, nichts Konkretes."

„Waren nette Dinger. Laconia und Susan haben hier Kaffee getrunken, wenn sie in der Stadt was zu tun hatten."

„Wir kriegen ihn, Mike."

„Gut."

Die Diner-Besitzerin ging zu den Umweltschützerinnen und schüttete ihnen Kaffee nach.

Die Pressekonferenz endete. Fragen der Journalisten waren nicht zugelassen. Der Gouverneur und seine Gäste zogen sich zurück ins Rathaus. Lozen nahm ihre Kaffeetasse und ging nach draußen. Der Himmel war ausnahmsweise blau. Sie rief Harvey Farossi an, den Berater von US-Präsident Adam A. Kettle. Lozen und er kannten sich seit Jahren. Harvey Farossi war ein Intrigant, ein Arsch, vor allem aber ein Kunde, der sie an ihre moralischen Grenzen trieb, weshalb sie sich nach jedem Auftrag schwor, niemals wieder für ihn zu arbeiten. Er war es auch gewesen, der sie mit den Ermittlungen gegen die Einsatztruppe beauftragt hatte. Sie rief ihn an, weil er sich in den politischen Zirkeln von Washington D.C. auskannte.

„Lozen, wie schön, dass du anrufst."

„Harv."

„Gibt es Fortschritte, was diese terroristenjagende Killertruppe angeht?"

„Leider nicht. Eine schwierige Angelegenheit."

„Scheint so."

„Ist so."

„Hab gehört, du verdingst dich zurzeit als Kleinstadt-Sheriff."

„Stimmt."

„Verdient man da genug?"

„Leider nicht."

Sie fragte sich, woher er wusste, dass sie in Homer den Deputy gab.

„Warum machst du es dann?", fragte er.

„Ein Freundschaftsdienst."

„Ein Freundschaftsdienst? Hab nicht gedacht, dass du umsonst arbeitest. Von mir willst du immer verdammt viel Kohle."

Harvey Farossi war ein Kunde, der die besten Preise bezahlte, und Geld war das Maß aller Dinge, wenn man eine kleine Sicherheitsfirma wie „Graham Security" in der Hauptstadt betrieb.

„Ich wusste nicht, dass wir Freunde sind."

„Jetzt bin ich gekränkt", sagte Harvey Farossi lachend.

„Was kann ich für dich tun, Lozen?"

„Geht um die Sache mit ‚Stark Oil'."

„Davon habe ich gehört."

„Ich habe mich gefragt, was Vertreter von zwei Bundesbehörden in Chayton County machen."

„Es ist ihr Job."

„Das Ausmaß des Schadens steht nicht fest, Menschen sind nicht verletzt worden. Bisschen viel Aufwand, finde ich."

Der Kommentar von Luna Bright hatte Lozen stutzig gemacht.

„Du bist misstrauisch wegen des Todes dieses Umweltschützers."

Harvey Farossi war stets gut informiert und besaß ein gutes Auffassungsvermögen.

„Unter anderem."

„Es muss da keinen Zusammenhang geben."

„Stimmt. Muss es nicht."

Eine Pause im Gespräch trat ein. Lozen sah, wie Chester Holmes auf dem Fahrrad vorbeifuhr. Er war der Besitzer und Chefreporter des „Homer Bugle". Der Redaktionsraum lag an der Roosevelt Street, die bei „King's Drugstore" von der Main Street abging. Der Journalist kam wohl gerade von der Pressekonferenz.

„Harvey, bist du noch da?"

„Ja."

„Also, kannst du mir was sagen?"

„Ich weiß nicht, warum Vico und Rod runtergefahren sind, frage aber gerne nach."

„Danke."

„Du solltest aber aufpassen."

„Aufpassen? Warum?"

„Der Gouverneur und Franklin Millar sind Best Buddys. Beide kommen aus Chayton County. Kraft besitzt Anteile an ‚Stark Oil', und ‚Stark Oil' wiederum hat großzügig für seine Wahlkämpfe gespendet."

„Wie schön."

„Rod ist ein Idiot. Der ist nicht wichtig. Vico ist ein anderes Kaliber. Er ist ebenfalls ein Kumpel von Millar. Vor zwei Jahren hat sich Vico sogar eine Ranch in South Dakota gekauft. Die beiden lassen es gerne krachen. Ich war einmal dabei. Sagenhaft."

„Warum ist er dann Leiter des EPA? Bestimmt den nicht der Präsident?"

„Vico versteht seinen Job."

„Versteht seinen Job? Du sagst mir gerade, dass er bei ‚Stark Oil' ein Auge zumacht."

„Das habe ich nicht gesagt."

„Doch. Und dir ist es egal."

„Mir ist ziemlich wenig egal."

Lozen lachte. Sie wusste, dass er nicht mehr preisgeben würde.

„Danke für die Auskunft, Harvey."

„Ein Freundschaftsdienst. Du siehst, auch ich kann selbstlos und unprofessionell sein."

„Ich bin gerührt."

„Bitte nicht weinen."

24.

Vico Luciano, 61, ehemaliger Senator, ehemaliger Generalstaatsanwalt des Bundesstaates Oklahoma, war ein hochgewachsener Mann mit breiten Schultern, der einen grauen Anzug trug, der zu den kurzen grauen Haaren passte. Hatte die EPA mal verklagt, als die Behörde bundesweit stärkere Regelungen zum Schutz von Grundwasser einführen wollte. „Stark Oil" hatte für seine Wahlkämpfe hohe Summen gespendet. Seit er das Umweltministerium leitete, gab es Budgetkürzungen. Obwohl er in Interviews gesagt hatte, er glaube an den Klimawandel, waren von den Seiten der Nationalparks Artikel mit Fakten zum Thema verschwunden. Er selbst benutzte das Wort „Wetterextreme". Lozen, die am Computer im Büro des Sheriffs saß, schüttelte den Kopf. Präsident Adam A. Kettle galt in Umweltfragen als konservativ, als ein Politiker, der weniger auf Gesetzgebung setzte, sondern auf das verantwortungsvolle Handeln der Konzerne. Trotzdem, wie konnte unter einem demokratischen Präsidenten ein solcher Mann Leiter der EPA werden? Harvey Farossi und der Präsident würden ihre Gründe haben, und wenn sie sie wüsste, würden sie ihr wahrscheinlich nicht gefallen.

Es klopfte an der Tür.

„Herein."

Deputy Sheriff David Brown trat ein.

„Deputy, was kann ich für Sie tun?"

„Ich habe einen völlig zugedröhnten Typen auf der Main Street aufgegabelt. Er behauptet, er will zu Ihnen."

„Wo ist er?"

„In der Zelle. Er wurde aggressiv."

Lozen stand auf und schaute von der Tür zur Zelle. Johnnie To lag auf der Pritsche und fuchtelte dabei wild mit den Armen rum.

„Ich kümmere mich darum", sagte sie.

„Er hat keinen Führerschein bei sich."

„Ich erledige den Papierkram."

Der Deputy sah sie mit zusammengekniffenen Augen an.

„Ist was, Deputy Brown?"

„Nein, alles in Ordnung."

Er nickte ihr zu und verließ das Sheriff's Office.

Sie ging zur Zelle. Als Johnnie To sie sah, fing er an zu grinsen, hörte aber nicht auf, mit den Armen rumzufuchteln.

„Lozen, ich habe dich vermisst und wollte dich sehen", sagte er lallend.

„Schlaf. Ich bring dich nachher nach Hause."

„Du bist mein Engel."

Lozen wollte zurück ins Büro, aber Ruthie stoppte sie.

„Du wolltest doch was über einen Magnuson wissen."

„Ja."

„In Yankton gibt es einen Drogendealer namens Chad Magnuson. Der dortige Sheriff meinte, er wäre ein mächtiger Mann. Gut vernetzt und ehrgeizig."

„Gut. Danke."

„Keine Ursache."

Ruthie lächelte.

„Da wäre noch eine Sache."

„Ja."

„Wann fährst du zu Karl Clagston? Er hat mehrfach angerufen."

„Das war der mit den Safes, oder?"

„Ja."

„Um was geht es da genau? Ich habe viel um die Ohren, wie du weißt."

„Es ist wichtig. Es geht um die Initiative von Gouverneur Kraft, in den Schulen Safes aufzustellen, in denen sich Waffen befinden."

„Waffen? Wozu?"

„Um das Leben der Schüler sicherer zu machen. Beim Anschlag damals hätten sich die Lehrer verteidigen können, wenn sie bewaffnet gewesen wären."

Lozen runzelte skeptisch die Stirn.

„Also, wann fährst du? Karl hat die Safes vor drei Wochen aufgestellt und möchte, dass das Sheriff's Office sie abnimmt."

Lozen fiel keine Ausrede ein und sie fuhr zur Homer High School, einem flachen, braunbeigen, bungalowähnlichen Gebäudekomplex aus den 1970ern. Es gab 534 Schüler. Leichtathletik, Football, Basketball,

Volleyball, Wrestling, Cheerleading, Golf und Fußball wurden angeboten. Vor dem Gebäude gab es einen Parkplatz mit Bäumen drumherum und einen mächtigen Gesteinsbrocken, auf dem der Name der Schule stand. Lozen stieg aus und ging zum Eingang, vor dem ein Schild aufgestellt worden war, auf dem in roter Schrift geschrieben stand: „Achtung, einige Lehrer der Homer High School sind bewaffnet, um das Leben der Schüler zu schützen." Lozen schüttelte traurig den Kopf.

Ein breitschultriger, etwas übergewichtiger Mann mit kahlgeschorenem Kopf kam aus der Schule. Er trug ein beiges Jackett über einem grauen Hemd. Lozen schätzte ihn auf Mitte 50.

„Ms. Graham, ich bin Karl Clagston, der Leiter der Homer High. Schön, dass Sie die Zeit erübrigen konnten."

„Guten Tag."

Karl Clagston brachte sie in einen unansehnlichen Raum mit einem alten Computer auf einem aufgeräumten Schreibtisch und mit einem grünlichen Aktenschrank, auf dem sich Unterlagen stapelten und ein schwarzer Safe stand. Er tippte vier Nummern ein, öffnete ihn und holte eine Beretta Modell 92SB-F heraus.

„Ich war in den 1980ern bei der Army, als die Beretta eingeführt wurde. Ich habe mir diese hier nach meinem Abschied gekauft. Als Erinnerung."

„Wie hübsch."

„Sie schießt ausgezeichnet. Und sie fühlt sich gut an in der Hand."

„Aha."

„Welche Waffe bevorzugen Sie, Ms. Graham?"

„Ich nehme das, was da ist."

„Sehr pragmatisch."

Der Schulleiter war offenbar ein Waffenfetischist, ein Fetischismus, für den Lozen kein Verständnis hatte.

„Wie viele Safes mit Waffen gibt es?", fragte sie.

„Wir haben in fünf Klassenzimmern welche aufgestellt."

Er ging zum Schreibtisch und holte aus einer Schublade den Bauplan der Schule, den er ausbreitete.

„Die schwarzen Kreuze markieren die Räume mit den Safes."

Lozen schaute sich den Plan an. Hätte sie die Angelegenheit ernst genommen, hätte sie den Schulleiter darauf aufmerksam gemacht, dass es strategisch bessere Positionen gegeben hätte. So nickte sie nur.

„Wie stellen Sie sicher, dass keiner der Schüler sie öffnen kann?", fragte sie.

„Bei Sicherheitsübungen sind keine Schüler anwesend. Den Lehrern ist es untersagt, die Codenummer aufzuschreiben."

Karl Clagston führte Lozen zu den Safes, schwärmte, wie gut er das Programm fände, wie viel positives Feedback es von Eltern und Schülern gegeben habe und wie dankbar er dem Gouverneur wäre, der die Anschaffung der Safes und das einmal monatliche Schießtraining der Lehrer finanziere. Er habe einen Freund, der unterrichte in Israel, der würde seit Jahren mit einer Maschinenpistole zur Arbeit gehen.

Lozen war froh, als sie wieder auf dem Motorrad saß. Dieses Programm war Schwachsinn. Aber sie befürchtete, dass es Earl Arendts gefiel.

Als Lozen zurück ins Sheriff's Office kam, war Johnnie To klar genug, dass er es schaffte, sich hinter Lozen aufs Motorrad zu schwingen und festzuhalten.

„Ich hoffe, ich habe dich nicht in Schwierigkeiten gebracht", sagte er, nachdem sie bei seinem Trailer angekommen waren.

„Passt schon."

Er kletterte ungelenk vom Motorrad.

„Ein Drink?"

„Hast du nicht genug gehabt für heute?"

„Ich habe nie genug."

Lenny kam vorbei, fragte nach einer Zigarette, bekam eine und ging seines Weges.

Lozen stieg ab und setzte sich. Kurz darauf kam Johnnie To mit Whiskey und Gläsern aus dem Wohnwagen und stellte sie auf den wackligen Campingtisch. Daneben legte er sein Smartphone und spielte über einen Streamingdienst Musik ab. Eine englische Sängerin und Poetin beklagte das Ende der USA und das Ende Europas.

„Vor einem Wohnwagen zu sitzen und Whiskey zu trinken, scheint mein neues Hobby zu sein", sagte Lozen.

„Es gibt schlimmere Hobbys. Du könntest zum Beispiel Porzellanengel sammeln."

„Ich liebe Porzellanengel. Genauso wie Teddybären und Baseball-Sammelkarten."

Er lachte und schenkte ein.

„Lindsay kam am Mittag zu mir."

„Was wollte sie?"

Sie tranken.

„Wissen, ob du in Ordnung bist, obwohl du zur Bullerei gehörst."

„Was hast du gesagt?"

„Was denkst du?"

Er grinste sie an.

„Was wollte sie?"

„Hat sie nicht gesagt. Es wäre aber sehr, sehr wichtig, meinte sie."

„Dann sollte ich zu ihr gehen."

„Ist wieder nicht da. Erledigt 'nen Job für Sista Louisa."

„Was heißt das?"

„Sista Louisa veranstaltet gelegentlich Partys für Leute, die es sich leisten können. Hat ein Haus in den Bergen und karrt da bei Bedarf ein halbes Dutzend ihrer Mädchen hin. Sex and Drugs im Wilden Westen."

„Mitgefeiert?"

„Hab da als Kellner gearbeitet."

„Und?"

„Da ging es echt ab. Alkohol, Meth und Heroin. Alles da. Und die Kunden sind ehrenwerte Bürger, die da richtig die Sau rauslassen. Einige Mädchen mussten ausgewechselt werden, weil sie nicht durchgehalten haben. Mehr als eine hatte eine blutige Lippe."

„Wie lange dauern diese Partys?"

„Ein, zwei, drei Tage."

Lozen schwieg.

„Was denkst du?"

„Dass ich Sista Louisa aus dem Verkehr ziehen sollte."

„Sie hat mächtige Freunde."

„Wen?"

„Auf den Partys waren Politiker und Unternehmer aus allen Ecken South Dakotas."

„Entzückend."

„Du bist sexy wie Kojak."

„Ich habe mehr Haare."

„Zum Glück."

„Wer kennt heute eigentlich noch Kojak?"

„Wahrscheinlich nur wir."

Er schenkte nach.

„Wie lange bleibst du eigentlich in Chayton?", fragte Johnnie To.

„Weiß ich nicht."

„Würdest du verschwinden, selbst wenn die Morde nicht aufgeklärt sind?"

„Ich habe eine Firma. Die läuft nicht von allein."

Wenn Nick Davout sie jetzt hören könnte.

„Also ist das hier nur ein Job?"

„Ich tu Earl Arendts einen Gefallen. Dabei zahle ich drauf."

„Wie schön, dass du keine Idealistin bist."

„Nicht wahr? Sonst wäre ich unerträglich."

„Denkt dein Freund auch so?"

„Freund? Ich habe keinen Freund."

„Wie kann das sein?"

„Ich habe noch niemanden wie dich getroffen."

„Ich bin pleite und drogenabhängig."

„Nichts macht einen Mann anziehender."

Beziehungen waren nicht Lozens Ding. Sie unterhielt seit Jahren eine Affäre mit General John Petracci, einem 60-jährigen Soldat und Witwer. Keine Verpflichtungen, keine regelmäßigen Treffen, nur Spaß und Sex. Das war ihr Deal. Es funktionierte ausgezeichnet. Zwischendurch hatte es Liebeleien gegeben wie die mit Arvist Bunger. Aber das hatte nicht geklappt.

Johnnie To sah sie grinsend an.

„Gehörst du zu den Frauen, die Typen aus Bars abschleppen, sie benutzen wie eine Einwegflasche und dann entsorgen?"

„Ich stehe auf Einwegflaschen."

„Umweltfeindlich."

„Recyclebar."

Für einen Moment spürte Lozen den Drang, Johnnie To vom General und dem Blogger zu erzählen.

„Ich glaube, dass du eine Einzelgängerin bist."

„Willst mein Psychiater werden?", fragte Lozen und lachte die Wahrheit in Johnnie Tos Aussage weg.

Den Rest des Abends redeten sie nicht viel. Sie beobachteten, wie die Sonne langsam unterging, und hörten der Musik zu. Der Sänger sang ein Mädchen an und behauptete, sie könnten noch zusammen sein. Eine Mischung aus Soul, Blues und Rock, mit einem angenehmen Retro-Touch.

25.

„Die Experten von ‚Stark Oil' haben versichert, dass es keine bleibenden Umweltschäden geben wird", sagte Joel Kraft.

„Was ist mit dem Wasser?", fragte Chester Holmes.

„Der Mina River ist nicht betroffen."

Regen prasselte auf das Dach der ‚Old Barn', einer alten Scheune unweit der Main Street, die die Bürger von Homer City für die verschiedensten Events benutzten: Hochzeiten, Tanzabende, Konzerte, Ausstellungen und für die monatliche Bürgerversammlung.

„Ich spreche vom Grundwasser, Gouverneur."

„Die Experten von ‚Stark Oil' sagen, dass es nicht verunreinigt worden ist."

„Gibt es unabhängige Gutachten?"

„Das ist zurzeit nicht nötig. Die Experten leisten hervorragende Arbeit."

„Gibt es die Testergebnisse schriftlich?"

„Wenn der Bericht fertig ist, werde ich Ihnen ein Exemplar zukommen lassen", sagte Franklin Millar, der neben dem Gouverneur auf einem Holzpodest vor einem einfachen Tisch saß. Die ‚Old Barn' war bis zum letzten Platz gefüllt. Wer keinen Stuhl gefunden hatte, stand. Lozen lehnte neben der Eingangstür.

„Wie viel Öl ist ausgelaufen?", fragte Daniel Piles, der Inhaber von ‚Piles of Books', dem einzigen Buchladen der Stadt.

„Es gibt im Augenblick keine verlässliche Zahl", sagte der Gouverneur.

„Von über 900 000 Litern spricht ‚Green Arrow' auf ihrer Website", sagte Chester Holmes.

„Das scheint mir sehr hochgegriffen."

Chester Holmes sah nicht so aus, als würde er dem Politiker glauben. Lozen beschloss, den Journalisten auf die Verbindung zwischen Joel Kraft und Frank Millar aufmerksam zu machen.

„Wir sollten Gott danken, dass nichts Schlimmeres passiert ist", sagte ein massiger Mann mit kurz rasierten roten Haaren und Vollbart, um dessen Hals eine Kette mit Kreuz hing und der im Publikum saß. Er war ein

Geistlicher und hieß Kent Moritz. Earl Arendts besuchte seine Gottesdienste. Kent Moritz war ein Steinzeitchrist, der aus der Evangelisch-Lutherischen Kirche in Amerika, der ELCA, ausgetreten war, als sie schwule und lesbische Geistliche zugelassen hatte.

„Amen", sagte Joel Kraft.

Lozen hatte genug gehört. Sie verließ die Scheune, schlug den Kragen der Lederjacke nach oben, öffnete den Regenschirm – den sie sich am Morgen in der Dakota Mall gekauft hatte – und schlenderte zur Main Street, die sie Richtung Sheriff's Office hinunterging. Die Stadt war wie ausgestorben. Sie kam sich vor wie eine Heldin in einem dieser billigen Horrorfilme, in denen jemand in eine Kleinstadt kam, die von fiesen Fledermäusen, riesigen Spinnen oder Killeralligatoren verseucht war.

Als sie den Parkplatz hinter dem Sheriff's Office erreichte, stand dort außer ihrem Motorrad nur eine alte Honda-Limousine. Lozen war noch ein paar Meter vom Motorrad entfernt, als die Innenbeleuchtung des Wagens anging. Sie erkannte den Fahrer. Es war Ruben

Johansson. Er öffnete die Beifahrertür. Sie ging hin, schloss den Regenschirm und stieg ein. Ihr fiel ein kleiner Anhänger in Form eines dreieckigen Raumschiffs auf, der am Rückspiegel hing und ihn als Fan von „Star City" identifizierte, weil es das Logo der Serie war.

„Mr. Johansson, was bringt Sie um diese Uhrzeit nach Homer?"

Er rieb sich nervös die Stirn. Seine Augen waren rot unterlaufen. Er trug einen zerknitterten braunen Anzug und ein weißes Hemd. Den Schlips hatte er aufgeknotet.

„Mr. Johansson?"

Er schaltete die Innenbeleuchtung aus. Offensichtlich wollte er ihr etwas mitteilen, war aber noch nicht bereit. Druck zu machen, brachte in solchen Situationen nichts. Sie musste warten.

Lozen schaute zum Sheriff's Office. Durchs Fenster konnte sie Mark Filmore sehen, der am Schreibtisch saß. Er hatte die Abendschicht.

„Glauben Sie nicht den Angaben von ‚Stark Oil'", sagte auf einmal Ruben Johansson. Er sprach im Flüsterton, als könnte jemand mithören.

„Warum?"

„‚Stark Oil' hat die Ergebnisse der eigenen Inspektionen manipuliert."

Lozen sah ihn an.

„Die Pipeline ist uralt. Aus den 1970ern. Sie wollen sie nicht für viel Geld ersetzen."

„Das heißt, dass die Gefahr eines Lecks bekannt war."

„Es hätte nie passieren dürfen."

„Woher wissen Sie von den Manipulationen?"

„Nicht wichtig."

„Können Sie Ihre Behauptung belegen?"

„Nein, die ursprünglichen Ergebnisse sind nicht nachzuvollziehen."

„Hm."

„Sie müssen das verstehen. Wir sprechen von gefälschten Berichten, wir sprechen von viel zu wenigen Sicherheits-Checks. Das ist grob fahrlässig. Pigs wurden viel zu selten eingesetzt."

„Pigs?"

„Pigs sind Geräte, die mit dem Öl durch die Pipelines geschleust werden. Sie werden sowohl zur Säuberung als auch zur Inspektion eingesetzt."

„Gibt es nicht noch andere Sicherheitsmaßnahmen?"

„In modernen Pipelines gibt es Sensoren, die den Druck und die Temperatur des Öls überwachen. Die Werte werden über eine Glasfaserleitung an eine Betriebsleitstelle übermittelt. Gibt es einen Druckabfall, weist das in der Regel auf ein Leck hin. Die Roosevelt-Pipeline hat solche Sensoren nicht."

Er begann, unruhig mit den Fingern auf das Lenkrad zu klopfen.

„Warum sagen Sie mir das – und nicht Ihren Vorgesetzten?"

„Es geht nicht."

„Warum nicht?"

„Es geht nicht."

„Hat es was mit der EPA zu tun?"

„Fragen Sie nicht. Und sollten Sie die Idee haben, mich offiziell zu befragen, werde ich alles leugnen, was ich gesagt habe."

Der Takt, mit dem er mit den Fingern aufs Lenkrad klopfte, stieg an. Er würde an diesem Abend nichts mehr preisgeben.

„Danke für die Hinweise", sagte Lozen.

„Leider bin ich nicht so mutig wie Rozan Fada", sagte er.

„Ist das nicht eine Figur aus ‚Star City'?"

Es gab keine Antwort. Lozen kannte sich bei der Serie nicht sonderlich gut aus. Wenn sie sich nicht irrte, war Rozan Fada eine Art Spion. Ein kräftiger Mann mit grauen Schläfen, der von Scott Keener gespielt wurde, dem älteren Bruder von Hollywoodstar Kevin Keener. Ruben Johansson sagte nichts und starrte sie an, als wäre sie ein hässlicher Alien aus einer verruchten Bar in Coruscant. Sie stieg aus und öffnete den Schirm. Der Regen hörte einfach nicht auf.

Kaum hatte sie die Tür zugeworfen, gab Ruben Johansson Gas und raste, ohne die Scheinwerfer einzuschalten, vom Parkplatz. Keine Frage, der Mann hatte Angst. In der Ferne sah sie Blitze zucken. Die Sache wurde zu groß. Sie musste Nick Davout einschalten. Er hatte Wege und Möglichkeiten, bei ‚Stark

Oil' reinzukommen. Sie schrieb ihm eine E-Mail über die Vorgänge der letzten Stunden und bat ihn um Unterstützung. Sie wusste, er würde maulen, er würde fluchen, deshalb wollte sie nicht anrufen, aber am Ende würde er helfen. Er liebte Herausforderungen. Außerdem bat sie ihn, Chester Holmes auf die Verbindung zwischen dem Mineralölkonzern und Joel Kraft hinzuweisen. Nick Davout besaß E-Mail-Accounts und Internet-Identitäten, die er benutzen konnte, um jemandem anonym eine Nachricht zukommen zu lassen.

Lozen dachte nach. Franklin Millar übernachtete im „Larsen Hotel". Die Bürgerversammlung sollte mittlerweile zu Ende sein. Warum dem CEO nicht ein paar Fragen stellen? Durch den Regen ging sie zum Hotel. Es war ein dreistöckiges Gebäude aus rotbraunem Backstein, erbaut 1894 von John Larsen, dem damaligen Sheriff von Homer City. Über dem Eingang hing ein Büffelkopf, darüber ein Schild mit dem Namen. Im obersten Stockwerk rechts gab es einen Erker. Das Hotel besaß 62 Zimmer und ein kleines Casino mit Spieltischen und Automaten.

Als Lozen zum Eingang des Hotels ging, klingelte ihr Smartphone. Unterdrückte Rufnummer. Sie nahm ab.

„Ja?"

„Hier ist Nick."

Sie fluchte innerlich.

„Seit wann rufst du mich mit unterdrückter Rufnummer an?"

„Hättest du den Anruf angenommen, wenn du gesehen hättest, dass ich es bin?"

„Natürlich. Warum nicht?"

Nick Davout überging die Frage.

„Legen wir uns mit einem Gouverneur, der EPA und einem multinationalen Ölkonzern an, ohne dabei einen Cent zu verdienen?"

Sie antwortete nicht und betrat die im Westernstil eingerichtete Lobby des „Larsen Hotel", wo sie den Schirm schloss und in einen Ständer stellte.

„Wir arbeiten für Geld, nicht für die Ehre", sagte Nick Davout.

„Wenn wir die Sache aufklären, könnte das gut für unsere Reputation sein."

„Oder genau das Gegenteil. Idealismus schreckt unsere Kunden ab."

„Nick, bitte."

„Zwei Wochen, Lozen. Länger können wir es uns nicht leisten. Ich habe es mit Balu besprochen."

Bedford Balu Brummel war der Finanzexperte bei „Graham Security".

„Zwei Wochen, aber du hilfst mir."

Nick Davout legte auf, ohne zu antworten.

26.

Lozen schaute sich in der Lobby um. Die Rezeption, die Stühle und Tische bestanden aus dunklem Holz. An den Wänden hing eine grün gemusterte Tapete, die zum grünen Teppich passte. Am Ende des Raumes gab es einen Fahrstuhl, der sich unter einer massiven Holztreppe befand, über die man in den ersten Stock gelangte. Es war ein merkwürdiges Gefühl, wieder an diesem Ort zu sein. Der Terroranschlag vor einem Jahr hatte zeitgleich an drei Orten stattgefunden. Einer davon war die Lobby gewesen. Zwei maskierte Männer hatten auf die Menschen in der Lobby geschossen. Lozen war da gewesen, wurde am Bein getroffen. Nicht schlimm, aber sie hatte eine Weile gehumpelt.

Die Empfangsdame im blauen Anzug begrüßte Lozen mit einem Lächeln. Sie war eine blonde Frau um die 50. Es war Anna Hess.
„Guten Abend, Ms. Graham."
„Guten Abend."

„Was führt Sie hierher?"

„Ich suche Franklin Millar."

Sie schaute im Computer nach.

„Er hat Zimmer 51. Das ist im dritten Stock."

„Danke."

„Keine Ursache. Aber Sie können sich den Weg sparen. Er sitzt an der Bar."

„Nochmals danke."

„Keine Ursache."

Sie lächelte Lozen an.

„Wissen Sie, Earl ist wirklich froh, dass Sie ihn vertreten."

„Kommt er klar?"

„Earl kommt immer klar. Er fährt mit dem Rollstuhl jeden Tag zwei Meilen. An den Bahngleisen entlang bis zu Tonys Schießstand, wo er trainiert."

„Typisch Earl."

„Typisch Earl."

„Ich bin Lozen."

„Anna."

Lozen nickte Anna Hess zu und ging durch die Lobby zur Treppe, die sie hochtrabte. Im ersten Stock angekommen, bog sie nach rechts zur Bar, durch die die Gäste ins Casino gelangten. Franklin Millar war nicht allein an der Theke. Ein hochgewachsener Mann mit breiten Schultern saß neben ihm auf dem Barhocker. Es war Vico Luciano. Lozen war überrascht, dass er sich noch in der Stadt aufhielt.

„Mr. Millar, entschuldigen Sie die Störung. Mein Name ist Lozen Graham, ich bin Deputy Sheriff."

Der CEO von „Stark Oil" drehte sich zu ihr. Er hatte einen leichten Schweißfilm auf der Stirn. Die Haut war braungebrannt. Er hatte starke Falten um die Augen und auf der Stirn. Die obere Halspartie sah operiert aus. Wahrscheinlich hatte der Mann ein beginnendes Doppelkinn entfernen lassen.

„Deputy, ich habe immer Zeit fürs Gesetz. Was kann ich für Sie tun?"

Auch der Chef der EPA drehte sich zur ihr um. Er war wirklich eine imposante Gestalt.

„Ich wollte fragen, ob es möglich wäre, die Inspektionsberichte der Roosevelt-Pipeline zu bekommen. Wann fanden sie statt, was waren die Ergebnisse, wie häufig wurden Pigs eingesetzt und so weiter."

„Warum möchten Sie die Unterlagen?"

„Wir haben eine Umweltkatastrophe und einen toten Umweltaktivisten."

„Ich würde nicht von einer Umweltkatastrophe sprechen."

„Eher von Unannehmlichkeiten?"

Der CEO kniff die Augen zusammen.

„Es besteht kein Zusammenhang zwischen dem Toten und dem Leck in der Pipeline, Deputy", sagte Vico Luciano.

„Woher haben Sie diese Erkenntnis?"

Der hochgewachsene Mann mit den breiten Schultern rutschte vom Barhocker und baute sich vor ihr auf. Er war zwei Köpfe größer als sie. Der Anzug saß eng. Bizeps und Brustmuskulatur zeichneten sich deutlich ab. Die Augen und die Stupsnase wirkten zu klein für den massiven Schädel. Als hätten die Wachstumshormone diese Körperteile nie erreicht.

„Deputy, ich mache Sie darauf aufmerksam, dass die EPA in diesem Fall verantwortlich ist. Sollte eine Straftat vorliegen, wonach es nicht aussieht, würde das U. S. Department of Justice übernehmen, genauer gesagt, die Abteilung für Umweltverbrechen. Also, kümmern Sie sich um Ihre Angelegenheiten. Jagen Sie Temposünder, Pferdediebe oder was Sie sonst in Ihrer Dienstzeit tun."

„Ich jage Stinktiere. Die sind echt kriminell in Chayton County."

Vico Luciano sah sie grimmig an.

„Es ist alles gesagt, Deputy. Zwingen Sie mich nicht, Ihren Vorgesetzen anzurufen."

Lozen verspürte den Drang, dem Riesen die Stupsnase zu brechen. Ein Schlag. Kawamm. Aber es ging nicht. Sie war für Earl Arendts unterwegs. Das schloss Kneipenprügeleien aus.

„Einen schönen Abend", sagte sie.

Lozen ging zurück zum Sheriff's Office. Der Regen hatte aufgehört. Die Luft war kühl und angenehm. Vico

Luciano war offensichtlich ein gewalttätiger Kerl und leicht reizbar. Nicht die Art Mann, die Harvey Farossi gerne um sich hatte.

Zwei Motorradfahrer fuhren an ihr vorbei. Sie gehörten zu keiner Biker-Gang. Es waren Touristen, die glaubten, sie wären wild geboren. Lozen erreichte das Sheriff's Office. Die Eingangstür war verschlossen. Mark Filmore machte also seine Runde. Sie schloss auf und ging ins Büro. Als sie sich an den Schreibtisch setzte, fiel ihr auf, dass sie den Schirm im Hotel vergessen hatte. Na ja, sollte ein Tourist damit glücklich werden.

Lozen fuhr den Rechner hoch. Zuerst ging sie auf den Account von „Graham Security" und las eingegangene Mails. Dabei stieß sie auf eine kodierte Nachricht, deren Inhalt sie kannte, ohne sie zu entschlüsseln. Der Absender sagte es ihr. Sie würde einen Namen, eine Adresse, einen Lebenslauf und ergänzende Hintergrundinformationen finden. Lozen rieb sich die Nase, dann antwortete sie. Sie wäre mit einer schwierigen Ermittlung beschäftigt, weshalb sie den Auftrag nicht übernehmen könnte, schrieb sie, dann verschlüsselte sie die Botschaft und schickte sie ab. Dabei lächelte sie unbewusst.

Lozen schloss den Firmen-Account und öffnete die Suchmaschine. Harvey Farossis Verhältnis zum EPA-Chef war ihr nicht klar. Der Präsident hatte ihn eingesetzt. Sie glaubte nicht, dass es gegen den Willen von Harvey Farossi geschehen war. Zu beachten war, dass er, ohne dass sie danach gefragt hatte, von der Beziehung von Joel Kraft zu Frank Millar bzw. Vico Luciano zu Frank Millar erzählt hatte. Damit hatte er sie quasi gedrängt, sich mit ihm zu beschäftigen. Der Berater des Präsidenten war ein Meister im Spinnen von Intrigen. Er tat nie etwas ohne Hintergedanken. Also, welche Verbindung gab es zwischen Vico Luciano und dem Weißen Haus? Den Präsidenten musste sie nicht recherchieren. Die Kettles waren eine der bekanntesten und mächtigsten Familien in den USA. Den Reichtum der Familie begründete William Albert Kettle mit einer Kinokette und der Produktion von Spielfilmen, womit er in den 1910er-Jahren begonnen hatte. In den 1920ern gründete er WHAD, eine der ersten Radiostationen in New York. Das Medienimperium GEPRO, eine Abkürzung, die für „Geronimo Productions" stand, hatte bis heute Bestand. Sämtliche männlichen Kettles waren in der Politik gewesen. William A. Kettle war in den 1920ern Wahlkampfmanager des New Yorker Bürgermeisters Jimmie Gone und saß später im US-Senat, sein Sohn Michael Alexander wurde Bürgermeister von New York City und später Gouverneur von New York State, kämpfte 1968 und 1972 vergeblich um die Nominierung zum Präsidentschaftskandidaten der Demokraten. William Albert Kettles Enkel wurde Direktor der CIA, sein Urenkel Adam A. Kettle erst Gouverneur von New York, zurzeit war er der Präsident.

Sie gab den Namen des EPA-Chefs in die Suchmaske ein. Laut Wikipedia-Eintrag geboren in Danville, Kentucky. Zog als Junge nach Lexington. War Footballspieler, bekam ein Stipendium an der Universität von Kentucky. Ein Jahr später ging Vico Luciano ans Georgetown College, wo er seinen Bachelor in Politik und Kommunikation machte. Anschließend zog er nach Tulsa, Oklahoma, wo er Jura studierte. So weit, so langweilig. Lozen klickte sich durch weitere Suchergebnisse, bis sie eine Überschneidung fand: Vico Luciano hatte als Anwalt für Adam A. Kettles „Geronimo Productions" gearbeitet. Zwei Jahre lang. Das musste nichts bedeuten, konnte aber.

Durch die geöffnete Bürotür sah Lozen, dass Mark Filmore zurück war. Er sah aufgeregt aus.

„Was ist los, Mark?"

„Es gab eine Schießerei auf dem Autofriedhof."

„Tote?"

„Nein."

„Gut."

„Ja."

„Was ist passiert?"

„Hab einen Anruf vom Rausschmeißer des ‚Old Style' bekommen und bin hingefahren."

Das „Old Style" war Kneipe und Konzerthaus mit einer Halfpipe und befand sich direkt am Autofriedhof.

„Total betrunkene Mitglieder der ‚Army of Phantoms‘ und Leute von Breitweisser haben sich offenbar gestritten. Bevor eine Schlägerei draus wurde, wurden sie aufgefordert, den Laden zu verlassen, was sie tatsächlich gemacht haben. Sind runter zum Autofriedhof gezogen, wo sie begannen, aufeinander zu schießen. Mindestens vier Schüsse sind gefallen. Irgendwann hatten sie wohl keinen Bock mehr und sind abgehauen. Es scheint, als wären die Typen einfach zu blau gewesen, um sich umzulegen.“

„Sagt wer?“

„Du weißt doch, auf dem Dach des ‚Old Style‘ sitzen immer die bekifften Skater. Die haben gesagt, die Typen waren kaum in der Lage, aufrecht zu stehen.“

„Alkohol ist Teufelszeug.“

„Ja, es versaut die beste Ballerei.“

Mark Filmore setzte sich grinsend an den Schreibtisch und begann am Computer, den er offenbar nicht runtergefahren hatte, seinen Bericht im Zwei-Finger-System zu tippen. Lozen beschloss, Harvey Farossi eine E-Mail zu schicken, in der sie ihn über die manipulierten

Inspektionsberichte und das unkooperative Verhalten von Vico Luciano informierte. Sie wusste nicht, was die Nachricht auslösen würde. Aber sie würde Dinge in Bewegung setzen und Bewegung war gut.

27.

Lozen klopfte an die Tür von Lindsay Shields' Trailer, aber sie war nicht da. Wohl noch bei der Arbeit auf Sista Louisas Party. Lozen ging zu ihrem Wohnwagen und traf dabei auf Benny Fowler, der von einer Frau begleitet wurde.

„Ms. Graham, schön, Sie zu sehen. Wir hatten noch nie eine Polizistin als Mieterin", sagte der Trailerpark-Manager.

„Keine Sorge, ich bin bald weg."

„Warum, warum? Ich finde es gut. Wenn es Stress gibt, kann ich Sie rufen."

„Eine schöne Vorstellung."

„Sie sind 'n Bulle?", fragte die Frau ungläubig.

Vermutlich eine neue Bewohnerin des Trailerparks, dachte Lozen.

„Ja. Warum?"

„Nur so."

Die Frau sah jung aus. Trug ein gelbes Hemd, eine schwarze Hose und eine schwarze Mütze. Die halblangen

Haare waren türkis gefärbt – wie bei einer Cosplayerin. Sie hatte Ränder unter den Augen und unreine Haut. Hinter dem linken Ohr steckte eine Zigarette. Sie trug einen Rucksack auf den Schultern und eine löchrige, prall gefüllte Sporttasche in der Hand.

„Wir müssen weiter", sagte Benny Fowler.

Als Lozen ihren Trailer erreichte, tanzte Margie oben ohne für Mike und eine dickbäuchige Frau mit Pferdeschwanz. Die eintönige, basslastige Musik kam aus einem mit Aufklebern übersäten Radiokassettenspieler, der auf dem Tisch stand. Die junge Afroamerikanerin und die zwei Kinder saßen vor ihrem Wohnwagen, aßen Chips aus einer gigantischen Tüte und beobachteten die Show. Lozen schloss den Trailer auf und ging hinein. Sie warf die Jacke über den Stuhl, legte die Waffe auf den Tisch, holte sich ein Bier und setzte sich aufs Bett.

Lozen spürte, dass sie ungeduldig wurde. Die Ermittlungen gingen nur zäh voran. Dass die Berichte von „Stark Oil" gefälscht waren, konnte sie nicht beweisen. Ruben Johansson würde nicht reden. Dann war da der Konkurrenzkampf der Drogendealer. Der drohte zu eskalieren. Der einfachste Weg wäre, die Verantwortlichen auszuschalten. „Herauszunehmen", wie es im Militärjargon hieß. Fast hätte Lozen laut aufgelacht, als ihr bewusst wurde, dass die alten Konditionierungsmuster wieder die Kontrolle über ihr Handeln übernehmen wollten. Denk daran: Die Zielperson ist dein Feind, er will dich, deine Familie und Freunde umbringen, hatte der Ausbilder gesagt. Die Vorgesetzten hatten vor Einsätzen Ähnliches von sich gegeben.

An den ersten Auftrag erinnerte sie sich gut. Sie lag irgendwo in einer Sanddüne im Irak, sah durchs Fernrohr auf eine Zufahrtsstraße zur Militärbasis, wo der Nachrichtendienst erwartete, dass der Feind selbst gebastelte Bomben auslegen würde. Nach zwei Stunden waren sie gekommen. Zwei Mann. Sie hatte einen ins Visier genommen und geschossen. Er fiel um. Der andere hatte sich überrascht umgeschaut. Das gab ihr Zeit für den zweiten Schuss. Was hatte sie damals gefühlt? Nichts. Ein Sergeant hatte ihr vorher zwei Pillen gegeben. Vitamine, hatte er gesagt. Vitamine. Von wegen. Die Wahrheit wusste jeder. Es war ein Chemo-Cocktail, der sie fokussierte und gleichzeitig die Emotionen lahmlegte. Nie hatte sie sich ruhiger und ausgeglichener gefühlt.

Ein Schrei von draußen riss Lozen aus ihren Erinnerungen. Sie nahm das Bier und ging zum Fenster bei der Eingangstür. Margie drückte ihren Hintern in den Schoß von Mike, der der dickbäuchigen Frau irgendwas zurief. Lozens Gedanken wanderten zurück zum Fall. Die Drogenhändler zu eliminieren, wäre einfach, aber nicht der Weg. Ein Deputy erledigte seine Aufgabe der Gesetzgebung entsprechend und Earl Arendts vertraute ihr. Sie atmete durch. Verdammt, vielleicht war sie bei dieser illegalen Einsatztruppe doch genau richtig.

Ihr Smartphone klingelte. Es war Mark Filmore. Sie nahm ab.

„Was gibt's?"

„Harry von der Ballistik hat mich endlich angerufen. Die Kugeln, die in Ames steckten, haben das Kaliber 9 mm Parabellum."

„Wie bei Mollie Wald."

„Die Kugeln stammen aus derselben Waffe."

„Tatsächlich?"

„Ja."

Lozen machte eine kurze Denkpause.

„Mark, die Information über die Waffe geben wir nicht an die Öffentlichkeit."

„Alles klar."

Reichte das? Was war mit David Brown? Was, wenn Matt Breitweisser der Killer war? Was wenn der Deputy den Dealer warnte? Lozen beschloss auf Nummer sicher zu gehen.

„Mark, weiß Brown schon davon?"

„Nein."

„Ich möchte, dass es vorerst auch so bleibt."

„Okay."

„Kennst du diesen Harry gut?"

„Ja. Wir waren zusammen auf der Homer High."

„Bitte ihn, die Untersuchungsergebnisse nur an dich zu schicken."

„Mach ich."

Sie wartete auf eine Frage von Mark Filmore, aber sie kam nicht.

„Möchtest du nicht wissen, warum?"

„Du bist der Boss."

„Mark, red keinen Schwachsinn."

„Hat es was mit Davids Onkel zu tun?"

„Nein. Earl und ich haben den Verdacht, dass er für Breitweisser arbeitet."

„Holy Moly. Wirklich?"

„Wir erzählen es dir genauer, wenn alles vorbei ist. Ist das okay?"

„Ja, sicher."

„Danke, Mark."

„Dafür nicht. Ich vertraue dir."

„Danke. Einen schönen Abend."

„Dir auch."

Die dickbäuchige Frau schüttete Margie Bier über den Oberkörper, weshalb Mike begeistert applaudierte. Lozen konnte sich diese traurige Veranstaltung nicht länger anschauen und legte sich hin, wobei das Bett seltsam knarrte. Sie nahm ihr Smartphone und gab den Namen „Gavin Ames" ein. Viele Artikel über sein Ableben fand sie nicht. Sie rief Earl Arendts an.

„Derselbe Täter wie bei Mollie Wald, das ändert einiges", sagte der Sheriff, nachdem sie ihn informiert hatte.

„Das heißt, die Morde hängen zusammen."

„Nur die zwischen Mollie Wald und diesem Ames?"

„Unklar."

„Was könnte der Grund sein, warum jemand drei Prostituierte und einen Umweltschützer umbringt?"

„Gute Frage."

„Ich weiß."

„Um ehrlich zu sein: Ich habe keine Ahnung. Bei Ames müssen wir davon ausgehen, dass sein Tod etwas mit dem Pipeline-Leck zu tun hat, denn schließlich ist er deshalb nach Chayton County gekommen."

„Wie passen da die Frauen ins Bild? Bisher gab es keine Verbindung zwischen ihnen und dem Umweltaktivisten."

„War eine unter Umständen die anonyme Informantin?"

„Wenn ja, wer?"

„Schau dir die zeitliche Abfolge an, Earl. Es bleibt nur Laconia Smith, denn Susan Knufken und Mollie Wald waren bereits tot, als die Informantin sich gemeldet hat."

„Dann wurde Laconia Smith unter Umständen umgebracht, weil sie das Leck entdeckt und ‚Green Arrow' informiert hat."

„Kann sein, muss aber nicht. Ein durchgeknallter Freier, Sista Louisa, Breitweisser – es gibt genug andere Möglichkeiten."

„Das ist wahr."

„Aber wenn ihr Tod mit dem Leck zusammenhängt, kann nur jemand von ‚Stark Oil' dahinterstecken. Umweltskandale sind schlecht fürs Image, schlecht fürs Geschäft und kosten Geld, viel Geld. Und Ruben Johansson ist überzeugt, dass der Konzern keine weiße Weste hat."

„Aber woher wusste der Täter von ihr? Und woher wusste der Täter von Gavin Ames? Er hatte einen Termin mit der Informantin und ist nicht dumme Fragen stellend durch Chayton County gezogen."

„Das stimmt, nur wenige Personen kannten den Grund für seine Anwesenheit."

„Die Mitglieder von ‚Green Arrow' und die Informantin."

„Ob jemand aus der Gruppe Gavin Ames angekündigt hat?"

„Aber warum sollte ein Umweltschützer den anderen verraten und möglicherweise umbringen?" „Persönliche Motive? Geld?"

Jemand hämmerte an die Tür des Wohnwagens.

„Einen Augenblick, Earl."

Lozen stand auf, öffnete und blickte ins schweißnasse Gesicht von Margie. Ihr Lippenstift war verschmiert, ihre Brüste glänzten.

„Hey, Ms. Deputy, willst du nicht rüberkommen, wir feiern eine Party."

Mike und die dickbäuchige Frau prosteten ihr zu.

„Ich glaube nicht."

„Schlampe, hältst dich für was Besseres, was?"

Lozen sagte nichts.

„Wir mögen hier keine Bullen."

„Mögt ihr überhaupt etwas?"

„Was ist das für eine Frage?"

„Eine geschlossene?"

„Was?"

Lozen sagte nichts.

„Schlampe."

„Das hast du bereits gesagt."

Margie ballte die Faust.

„Hey, Margie, komm zurück. Der Lesben-Sheriff steht nicht auf dich", sagte Mike.

Margie sah zu ihm rüber.

„Der Herr und Meister ruft", sagte Lozen.

„Du redest eine Menge Scheiße, Schlampe."

„Vaya con dios."

„Komm mir nicht mit diesem mexikanischen Dreck."

Lozen machte die Tür zu und sah durchs Fenster, wie Margie zurück zu Mike und der Frau torkelte und wieder zu tanzen begann.

„Bin wieder da, Earl."

„Wer war das?"

„Nicht wichtig. Eine Nachbarin."

„Wie nett."

„Earl, ich schicke Mark eine Mail. Wir brauchen mehr Infos über die Aktivisten von ‚Green Arrow', insbesondere, wie ihre finanzielle Situation aussieht. Er soll das recherchieren."

„Gut. Aber da ist noch was, was wir bedenken sollten."

„Was?"

„Was nicht in unsere Theorie passt, ist die Tatsache, dass Mollie Wald mit derselben Waffe wie Gavin Ames umgebracht worden war."

„Stimmt. Als sie erschossen wurde, wusste niemand vom Leck."

„Schlussfolgerung?"

„Dass der Killer mehrere Aufträge hatte, nachlässig geworden ist und unvorsichtigerweise zweimal dieselbe Pistole benutzt hat?"

„Kann sein."

„Wie heißt es so schön: Wir müssen ergebnisoffen arbeiten."

„Ja."

„Ich halt dich auf dem Laufenden."

Lozen legte auf und sich wieder hin. Draußen wechselte der Song. Der neue war genauso eintönig und basslastig wie der vorherige. Margie schrie irgendetwas, was Lozen nicht verstand. Sie stand auf, kramte aus der Tasche einen Kopfhörer, setzte ihn auf und startete auf dem Smartphone eine ihrer Playlists. Eine Frau sang davon, wie sie jemanden jagte, davon, wie viel Spaß es ihr bereitete, das Leben des anderen zu zerstören. Ein geiler Text.

28.

Der nächste Tag begann nicht gut. Als sie im Büro den E-Mail-Account öffnete, fand sie eine Nachricht von Gouverneur Joel Kraft, der sie darauf hinwies, dass sie sich nicht in die Untersuchungen des EPA einzumischen und angesehene Bürger nicht zu belästigen habe. Kurz darauf kam eine E-Mail von Harvey Farossi, der meinte, dass sie sich in etwas verrennen würde und er, wie versprochen, mit Vico Luciano und Rod Dalton gesprochen habe. Sie fluchte.

„Alles in Ordnung, Schätzchen?", fragte Ruthie, die Lozen gehört hatte, weil sie die Tür offengelassen hatte.

„Alles bestens."

Immerhin hatte Mark Filmore seine Arbeit gemacht. Er hatte einen Link geschickt, der sie zu den gesammelten Daten der Umweltaktivisten führte.

„Hast du die Daten der „Green Arrow"-Leute zusammengetragen?", fragte Lozen Ruthie.

„Ja. Mark hat es ja nicht so mit Technik", sagte Ruthie nach einer kurzen Pause.

„Hab ich mir gedacht. Danke."

Lozen begann mit dem Mann, weil sie von dem nicht einmal den Namen wusste:

Josh Roberts, 31, besaß ein Café in Minneapolis, das er mit einem Freund führte. Kletterte in seiner Freizeit. Seit vier Jahren bei ‚Green Arrow'. Führte mit Selina Keil, Luna Bright und dem ermordeten Gavin Ames die Umweltorganisation. Vorstrafen wegen Hausfriedensbruchs, Sachbeschädigung und Körperverletzung. Standen in Zusammenhang mit Protestaktionen: Er war auf den Schornstein eines Kohlekraftwerks geklettert, hatte beim Bau einer neuen Ölpipeline Baumaterialien zerstört und sich mit einem Mitarbeiter des DENR geprügelt.

„Ruthie?"

„Ja, Schätzchen?"

„Finde bitte raus, ob der Umweltaktivist aus dem Krankenhaus entlassen wurde und wenn ja, bitte ihn und die beiden Frauen, heute vorbeizukommen. Der erste um drei, die anderen jeweils eine halbe Stunde später."

„Mache ich."

Lozen rief die Daten der Frauen auf: Selina Keil, 29, ehemalige Politikstudentin, unterrichtete an einem College in Minneapolis. Seit zwei Jahren bei ‚Green Arrow'. Ähnliche Konflikte mit dem Gesetz und aus den gleichen Gründen wie Josh Roberts. Luna Bright, ebenfalls aus Minneapolis, 33 Jahre alt, mit bürgerlichem Namen Rhonda Beal. Verheiratet. Anglistik-Studium. Seit knapp drei Jahren bei ‚Green Arrow'. Sang in einer Southern-Gothic-Band. Keine Konflikte mit dem Gesetz.

Ruthie kam ins Büro.

„Sie kommen."

„Gut. Danke."

„Keine Ursache. Einen Kaffee?"

„Gerne."

„Ich habe Karamellsirup gekauft."

„Echt? Danke. Das ist nett."

„Gerne."

Lozen schaute sich die Bankunterlagen an. Josh Roberts war Ende des Monats knapp im Plus, die Frauen nicht. Beide hatten Schulden im fünfstelligen Bereich.

Die Umweltaktivisten kamen am Nachmittag gemeinsam. Josh Roberts ging auf Krücken.

„Was wollen Sie von uns, Sheriff?", fragte Selina Keil.

„Ein paar Routinefragen, mehr nicht."

„Worum gehts?"

„Werden Sie erfahren. Mr. Roberts, wenn ich bitten darf."

Der Umweltaktivist humpelte an Lozen vorbei ins Büro des Sheriffs und ließ sich auf den Stuhl fallen. Lozen schloss die Tür und setzte sich auch.

„Mr. Roberts, es geht, wie Sie sich denken können, um den Tod von Gavin Ames. Ich werde das Gespräch aufzeichnen."

Sie zeigte auf ihr Smartphone und drückte aufs Display, um die Aufnahme zu starten.

„Warum ist Mr. Ames nach Chayton County gekommen?"

„Wie Sie wissen, hatten wir einen anonymen Tipp erhalten. Er wollte die Person treffen."

„Es ging um ein mögliches Umweltproblem."

„Ja, Leute rufen deshalb öfter an."

„Wer wusste, wohin und warum Mr. Ames nach Chayton County wollte?"

Josh Roberts überlegte, bevor er antwortete.

„Selina, Luna und ich. Und natürlich die Anruferin."

„Keine anderen Mitglieder?"

„Nein. Wir sind ja eine kleine Gruppe, die sich im Hinterzimmer meines Cafés trifft. Wir vier teilen uns das administrative Zeug."

„Sie sind quasi die einzigen Vollzeit-Aktivisten?"

„Könnte man sagen. Wir haben wöchentlich ein Treffen mit den anderen."

„Was ist mit Partnern, Freunden und Verwandten?"

„Ich habe meinem Mann nichts erzählt."

„Hatten Sie schon oft mit ‚Stark Oil' zu tun?"

„Sicher. Die sind ja sowas wie die Kingpins der Umweltverbrechen in dieser Gegend. Die betreiben Pipelines in Wyoming, Minnesota und den Dakotas. Viele davon alt. Nicht zu vergessen: Die bohren ja auch nach Öl und zerstören durch Fracking ganze Landstriche."

„Haben die Ihnen mal Geld geboten?"

„Sie meinen, um was unter den Teppich zu kehren?"

„Zum Beispiel."

„Nein, und soviel ich weiß, sind sie auch an niemand anderen herangetreten. Wir diskutieren aber oft darüber, ob ‚Stark Oil' uns überwacht."

„Und?"

„Wir haben mal einen Spezialisten engagiert, aber unsere Telefone und Computer waren sauber."

„Wie war Ihr Verhältnis zum Opfer?"

„Gavin war mein Freund. Wir kennen uns seit dem College."

„Freund gleich Freund oder Freund gleich Liebhaber?"

„Wie ich sagte: Ich habe einen Partner."

„Danke für Ihre Kooperation. Ich bitte Sie, das Sheriff's Office zu verlassen und erst Kontakt mit Ms. Keil und Ms. Bright aufzunehmen, wenn die Befragungen zu Ende sind."

„Wie wollen Sie verhindern, dass ich sie anrufe?"

Lozen sah ihn mit steinerner Miene an.

„Sie überprüfen meine Mobiltelefondaten."

Lozen stand auf, ohne zu antworten. Sollte der paranoide Umweltschützer doch daran glauben, dass Kleinstadt-Sheriffs genauso High-Tech waren wie Bundesbehörden.

Josh Roberts nickte den Frauen zu, die bei Ruthie saßen und Kaffee tranken, als er durchs Sheriff's Office humpelte und es verließ.

„Ms. Keil, bitte", sagte Lozen.

Sie stellte den Umweltaktivistinnen dieselben Fragen wie Josh Roberts. Ihre Antworten waren nicht viel anders, aber unterschiedlich genug, um nicht abgesprochen zu wirken. Die einzige Erkenntnis, die Lozen gewann, war die, dass keiner der drei sich erinnern konnte, mit jemandem über den Anruf der Informantin gesprochen zu haben. Luna Bright hatte die interessanteste Reaktion gezeigte. Bei der Frage, ob ihr Geld angeboten worden war, war sie ausgerastet. „Wie können Sie mir unterstellen, dass ich mich von einer Drecksfirma wie ‚Stark Oil' kaufen lassen würde?", hatte sie geschrien.

29.

Am Abend saß Lozen in ihrem Büro im Sheriff's Office und unterhielt sich mit Mark Filmore über die Schießerei auf dem Autofriedhof. Im Hintergrund liefen die Nachrichten von Radio „Pahá Sápa". Die Sprecherin berichtete über die Verbindungen zwischen Gouverneur Joel Kraft und „Stark Oil" und bezog sich dabei auf einen Artikel im „Homer Bugle". Die E-Mail hatte sich gelohnt, dachte Lozen.

„Wissen wir mittlerweile, wer bei der Schießerei dabei war, Mark?"
„Nein. Wahrscheinlich werden wir die Beteiligten nicht identifizieren können. Kaum einer hat was gesehen oder will was gesehen haben. Die wenigen Zeugenaussagen, die wir haben, widersprechen sich."
„Angst vor der ‚Army of Phantoms' und Breitweisser?"
„Ich glaube, an dem Abend waren alle Gäste im ‚Old Style' betrunken bis zum Anschlag."

Die Nachrichtensprecherin von Radio Pahá Sápa vermeldete, dass es einen Autounfall in der Nähe von Pierre gegeben habe und ein Angestellter des DENR dabei gestorben wäre.

„Handyvideos?", fragte sie.

„Ein paar. Die, die was aufgenommen haben, waren zu weit weg. Es ist kaum was zu erkennen."

„Hm."

„Zum Glück ist niemand zu Schaden gekommen."

„Es wird in Zukunft genug Tote geben."

„Ich hoffe nicht."

Mark Filmore ging an seinen Schreibtisch. Die Nachrichten auf Radio „Pahá Sápa" waren bei Meldungen aus anderen Teilen des Landes angelangt.

Autounfall in der Nähe von Pierre, ein Angestellter des DENR, Lozen hatte ein ungutes Gefühl. Sie ging auf regionale Nachrichtenseiten, aber fand keine weiterführenden Fakten. Deshalb rief sie beim Police Department von Pierre an und erkundigte sich nach der Identität des Toten. Der Officer am anderen Ende Leitung brauchte nicht lang. Er nannte einen Namen. Es war der von Ruben Johansson.

Der Kollege gab Lozen Zugang zur elektronischen Ermittlungsakte. Ruben Johansson war auf der Poplar Avenue von der Straße abgekommen, einer Straße, die von Pierre über den Missouri River nach La Framboise Island führte, einem State Park, der es in die Geschichtsbücher geschafft hatte, weil Lewis und Clark 1804 an diesem Ort ein unangenehmes Treffen mit den Teton Sioux hatten. Im Wagen fand man zwei leere Flaschen Whiskey. Eine Angabe der Blutwerte fehlte. Verzeichnete Todesursache: Herzanfall. Es gab ein Foto, auf dem Ruben Johansson zu erkennen war. Er saß zusammengesunken auf dem Fahrersitz der Limousine, die mit dem Vorderbau im Fluss stand.

Eine Stunde später verließ Lozen das Sheriff's Office. Vorher hatte sie eine E-Mail ans Police Department von Pierre geschickt, in der sie auf Ruben Johanssons Untersuchungen hinsichtlich des Pipeline-Lecks hinwies, und dass der Tod eines Umweltaktivisten möglicherweise damit in Verbindung stand.

Lozen setzte sich aufs Motorrad und fuhr zum „George Crook Trailer Park". Als sie in ihrem Wohnwagen war, rief sie Johnnie To an. Er nahm nicht ab. Wahrscheinlich machte er irgendwo Party. Sie schaute rüber zu Margie und Mike. Ihr Wohnwagen war dunkel. Sie wollte sich gerade ein Bier aus dem Kühlschrank nehmen, als ihr Smartphone klingelte. Sie ging erst dran, als sie sah, dass es Earl Arendts war.

30.

„Eike ist weg“, sagte Earl Arendts.

„Wie weg?“, fragte Lozen.

„Abgehauen aus ‚Hundred Victories‘. Dorothy hat mich angerufen.“

„Wie weit war er?“

„Dorothy meinte, er hätte das Schlimmste hinter sich. Aber sie macht sich Sorgen. In seinem Zustand sollte er nicht allein sein, sagt sie.“

„Wo, glaubst du, ist er?“

„Wenn er noch der Alte ist, würde ich sagen, er ist zu Hause.“

„Ich fahr hin.“

„Danke.“

„Dafür nicht.“

Lozen warf sich aufs Motorrad. Als sie Eikes Haus erreichte, brannte kein Licht. Sie stieg ab, ging auf die Veranda und drückte gegen die Tür. Sie war offen.

„Komm rein“, sagte eine Stimme.

Lozen betrat das dunkle Wohnzimmer. Draußen war Vollmond. Dank des Lichts konnte sie Umrisse erkennen. Auf dem Sofa sah sie eine Gestalt, die etwas in der linken Hand hielt. Eine Flasche. Wahrscheinlich Whiskey. Sie ging näher und setzte sich auf den Stuhl gegenüber.

„Stromrechnung nicht bezahlt?", fragte sie.

„Wieso?"

Sie zeigte auf die ausgeschaltete Deckenleuchte.

„Ich mag die Dunkelheit", sagte er.

„Aha."

Lozen lehnte sich zurück und schlug die Beine übereinander.

„Keine Angst. Ich bin clean", sagte er.

„Gut."

Er trank einen Schluck.

„Müsstest du mich nicht fragen, wie es so weit kommen konnte?", fragte er.

„Müsste ich? Ich kenne die Gepflogenheiten in solchen Fällen nicht."

„Es würde den Gepflogenheiten entsprechen."

„Tatsächlich? Nun, ich denke, scheiß auf die Gepflogenheiten."

„Tatsächlich?"

„Du wirst es mir erzählen, wenn du es mir erzählen willst."

Er verschloss die Flasche und warf sie ihr zu. Sie öffnete sie, nahm einen Schluck, es war tatsächlich Whiskey, verschloss sie und warf sie zurück. Er stellte sie auf den Tisch, stand auf, verschwand Richtung Küche, wo Lozen ihn einen Schrank öffnen hörte. Er kam zurück mit zwei dicken Kerzen, die er auf den Sofatisch stellte und mit einem Feuerzeug anzündete.

„Viel besser als elektrisches Licht", sagte Lozen.

Sie konnte Eike besser erkennen: unrasiert, die Haare kurz geschnitten. Schweiß stand auf seiner Stirn. Er sah fertig aus.

„Was ist der Plan?", fragte sie.

Er zuckte mit den Schultern.

„Willst du im Wohnzimmer sitzen, bis die Welt untergeht?"

„Vielleicht. Ich habe noch nicht alle Bücher gelesen."

Lozen schaute zur beeindruckenden Regalwand, in der überwiegend Bücher von Eikes verstorbener Frau Chumani standen. Nach ihrem Tod hatte er beschlossen, ihre Bücher komplett durchzulesen. Er hatte oben rechts begonnen und wollte unten links enden. Was für ein Vorhaben.

„Der Aufenthalt bei Dr. Dorothy war kein Vergnügen, nehme ich an."

„Kalter Entzug ist scheiße."

„Und ,Hundred Victories' ist ein Scheißname für eine Entzugsklinik", sagte sie.

Er lachte.

„Hab ich auch gedacht."

„Dr. Dorothy ist eine Freundin von Earl."

„Ich weiß."

Eike nahm einen Schluck.

„Sie war so verdammt nett", sagte er.

„Mitleidsnett."

„Mitleidsnett. Guter Ausdruck."

Eike nahm einen weiteren Schluck.

„Hast du eine Zigarette?"

Lozen warf ihm eine zu. Er fing sie und zündete sie an.

„Dr. Dorothy hat tatsächlich gesagt, ich soll meinen Frieden machen. Mit mir. Mit der Welt."

„Menschen wie wir sind nicht für Frieden geschaffen."

Eike sah sie an und zog dabei an der Zigarette.

„Tötest du noch für diese illegale Truppe?"

„Ja."

„Miese Entscheidung."

Sie hatten schon über das Thema gesprochen. Am Ende hatte Eike – wie Ethan Styron – festgestellt, dass sie sich verändert hatte.

„Ich habe es dir schon gesagt: Es ist ein Job. Ich wurde dafür ausgebildet. Und Farossi zahlt gut", sagte sie.

„Geld ist nicht alles."

„Sagst du."

Eike sah sie skeptisch an. Das Gesprächsthema begann Lozen zu nerven. Sie stellte sich selbst genug Fragen.

„Du bist keine Killerin."

„Sagst du."

„Bringt es Spaß?"

„Hey, was soll die Fragerei? Du bist hier der mit den Problemen. Ich bin aus keiner Entzugsklinik getürmt."

Er lächelte, sie lächelte zurück. Sie nahm einen Zug aus der Whiskeyflasche, er von der Zigarette und blies einen Ring in die Luft.

„Wie machst du es?", fragte er.

„Was?"

„Durchhalten."

Sie zuckte mit den Schultern.

„Hab ich mir gedacht."

Sie zog ihr Smartphone heraus, ging in „Kontakte" und simste Eike eine Telefonnummer plus Namen. Es dauerte ein paar Sekunden und es piepste bei ihm. Er blickte auf sein Smartphone.

„Wer ist Ethan Styron?", fragte er.

Lozen stand auf, ohne zu antworten.

„Ich sage Earl, wo du bist und dass es dir gut geht."

„Ich weiß nicht, ob ‚gut gehen' die richtige Formulierung ist."

„Es ist keine Formulierung, es ist eine Floskel."

Sie verließ das Haus und ging zum Motorrad. Die Luft war gut. Sie atmete tief durch, bevor sie die Maschine startete.

Als sie zurück beim Wohnwagen war, war sie zu dem Schluss gekommen, dass Eike es schaffen würde. Was immer „schaffen" in diesem Kontext bedeutete.

Sie fuhr den Laptop hoch und schaute sich verschiedene News-Seiten an. Joel Kraft hatte mittlerweile auf den Artikel im „Homer Bugle" reagiert. Er bestätigte die Wahlspenden, stritt jedoch ab, deshalb nicht objektiv mit „Stark Oil" umzugehen. Sie holte sich ein Bier aus dem Kühlschrank. Es war ein Smoked Beer von Chayton Miner mit zehn Prozent Alkohol. Sie rief Radio „Pahá Sápa" auf, das es auch als Livestream gab. Ein Moderator sprach übers Wetter und warnte vor für South Dakota ungewöhnlich vielen und starken Tornados. Das klang nicht sehr gemütlich, doch trotzdem fühlte sich Lozen wohl. Sie wusste nicht, warum, denn keines ihrer Probleme hatte sich gelöst. Stimmungsschwankungen waren nichts Gutes, aber in diesem Moment interessierte sie das nicht.

31.

„Sind Sie wirklich Polizistin?", fragte die Afroamerikanerin, die im Wohnwagen nebenan lebte. Sie hatte Lozen angesprochen, als sie am Morgen zur Arbeit wollte. Die Frau trug ein schulterfreies Kleid. Die Einstiche in ihren Armen waren nicht zu übersehen.

„Ja", sagte Lozen.

„Ich habe da eine Frage."

„Fragen Sie."

„Fowler will mich heute rauswerfen. Darf er das?"

„Die Miete nicht gezahlt?"

„Ich bin im Rückstand. Am Ende der Woche habe ich wieder Geld."

„Ich kenne die Details Ihres Falles nicht. Aber wer keine Miete zahlt, muss gehen."

Die Frau sah sie an. Die Augen wirkten traurig.

„Was, wenn ich sage: Benny ist ein Rassist und hat mich sexuell belästigt?"

„Dann müssen Sie es beweisen."

„Okay."

Die Frau ging zu ihrem Trailer, Lozen setzte sich aufs Motorrad.

Als sie das Sheriff's Office betrat, lächelte sie David Brown an, was ihr nicht gefiel.

„Gouverneur Kraft bittet Sie, ihn anzurufen."

„Warum?"

„Wird er Ihnen sagen. Melden Sie sich im Rathaus."

Lozen ging ins Büro und rief an. Eine Frau verband sie mit Joel Kraft.

„Gouverneur, Sie haben mich um Rückruf gebeten."

„Ms. Graham, ich komme direkt auf den Punkt: In ihrer Funktion als Deputy Sheriff haben Sie sich nicht nur in Ermittlungen der EPA, sondern auch in die des Police Departments von Pierre eingemischt."

„Ich habe die Kollegen nur über die hiesigen Ereignisse informiert."

„Die in keinem Zusammenhang zum Unfall des DENR-Angestellten stehen. Ihr Verhalten ist nicht akzeptabel."

„Was heißt das?"

„Ich werfe Sie raus. Bis zur Rückkehr von Earl wird David Brown die Aufgaben des Sheriffs übernehmen. Er kennt sich in Chayton County aus."

„Hm."

„Einen schönen Tag, Ms. Graham."

Lozen schaute aus dem Fenster. Der Himmel war grau. Wolken gab es nicht. Sie fuhr den Rechner hoch, löschte die E-Mails, Browserverläufe, Favoriten und Daten, die sie auf dem Desktop abgelegt hatte. Nick Davout würde froh sein, dass sie gefeuert worden war.

„Auf Wiedersehen", sagte David Brown, als sie ging.

„Ich   freue   mich   jetzt   schon."

32.

Dr. Glenn Hoskins, Susan Ralston und Daniel Piles, die gemeinsam frühstückten, nickten Lozen zu, als sie „Mike's Diner" betrat und sich an die Theke setzte. Sie brauchte erst einmal einen Kaffee.

„Wie geht's, Sheriff?", fragte Mike.

„Gut. Kann ich einen Kaffee bekommen?"

Mike holte die Kanne und schüttete ein.

„Gehört? Die Ursache des Pipeline-Lecks war ein Materialfehler."

„Sagt wer?", fragte Lozen.

„Die EPA und ‚Stark Oil'. War eben in den Nachrichten. Gab eine Pressekonferenz in Pierre. Die Experten haben die Untersuchungen abgeschlossen. Das Grundwasser ist nicht verseucht worden. In ein paar Monaten sollen die Schäden behoben sein."

„Gut zu hören."

„Ich bin erleichtert, dass es glimpflich ausgegangen ist."

Lozen überlegte, ob sie Mike darauf hinweisen sollte, dass die Experten, von denen die Ergebnisse stammten, von „Stark Oil" kamen und deshalb ein Motiv hatten, die Auswirkungen des Lecks herunterzuspielen. Sie tat es nicht. Mike ging rüber zur Frühstücksgesellschaft, um Kaffee nachzuschenken. Es lief gut für „Stark Oil", dachte Lozen. Die Umweltkatastrophe erwies sich als keine Katastrophe und sie, die lästige Polizistin, war aus dem Rennen. Was für ein Zufall. Sie nippte am Kaffee. Aber war die lästige Polizistin aus dem Rennen? Das war die Frage.

Nachdem sie ausgetrunken hatte, legte sie das Geld auf die Theke, verließ das Diner und fuhr zu Earl Arendts. Ein langer Güterzug fuhr vorbei, als sie vor dem Haus hielt. Sie klingelte. Eine mittelalte Frau im Jeansanzug öffnete die Tür.

„Du bist Lozen", sagte sie lächelnd, „Ich habe dich auf der Bürgerversammlung gesehen. Ich bin May, die Schwester von Susan Ralston."

„Hallo."

Die Frauen schüttelten sich die Hände.

„Earl ist im Wohnzimmer."

Lozen ging durch den dunklen Flur.

„Ich weiß Bescheid", sagte er, als sie reinkam.

Earl Arendts saß beim Kamin und trug wie beim vorangegangenen Besuch das schwarz-rote Holzfällerhemd und die weite blaue Trainingshose, die er über die eingegipsten Beine gezogen hatte.

„Vom Gouverneur?"

„Nein, Ruthie hat mich angerufen."

„Interessant."

„Interessant? Es geht um Vertuschung, würde ich sagen." Sie setzte sich.

„Was wirst du tun, Lozen?"

„Keine Ahnung. Was denkst du?"

„Du bist hier, weil du mir einen persönlichen Gefallen tust."

„Stimmt."

„Ich kann dich nicht bitten, weiterzumachen. Es ist zu groß geworden für einen Gefallen. Wenn Kraft mitkriegt, dass du weiter ermittelst, wirst du Probleme bekommen."

„Und?"

Die Idee aufzustecken missfiel ihr. Wenn sie abreiste, würde Joel Kraft denken, er hätte sie eingeschüchtert.

„Wenn ich den Killer schnappe, wäre es ein Schlag in sein Gesicht."

„Aber dass es dir gelingt, ist keinesfalls sicher."

„Willst du mir sagen, dass es die bessere Entscheidung wäre, Chayton County zu verlassen?"

„Vielleicht."

Unter Umständen hatte Earl Arendts recht, dachte Lozen. Man hatte sie rausgeworfen. Das passierte. Schluss mit den impulsiven Handlungen. Ein Ende der Ermittlungen war nicht abzusehen, ein Konflikt mit dem Gouverneur geschäftsschädigend. Kein falscher Stolz. Mehr Nick Davout, weniger Lozen Graham. Vernunft vor Emotion.

„Lozen, die Frage, die du dir stellen musst, ist die, ob es sich lohnt."

„Der Mörder läuft frei rum."

„Man kriegt nicht alle."

„Hm."

„Und verstehe mich nicht falsch, wenn du bleibst, werde ich dich unterstützen. Mit allen Mitteln."

„Danke."

„Ich habe den Eindruck, dass Homer dir guttut."

„Wie kommst du darauf?"

„Du wirkst entspannter."

„Was du nicht sagst."

Jetzt auch noch Earl, dachte Lozen.

May Ralston kam ins Wohnzimmer.

„Kann ich euch was bringen? Einen Kaffee vielleicht?"

„Wir könnten einen Whiskey gebrauchen", sagte Earl Arendts.

„Whiskey? Es ist nicht mal Mittag."

„Was soll's? Ich sitze im Rollstuhl und Lozen wurde frühzeitig in den Ruhestand versetzt."

„Bist du nicht Earls Vertreterin?"

„Der Gouverneur hat mich gefeuert."

Kopfschüttelnd ging May Ralston zum Barwagen und rollte ihn rüber zu Earl Arendts. Er schenkte üppig ein.

„Ich bin dann weg", sagte May Ralston.

„Danke, May. Bis morgen."

„Bis morgen."

Sie ging.

„Auf Ordnung und Gerechtigkeit", sagte Earl Arendts.

„Auf Chaos und Verbrechen."

Sie stießen an und tranken.

„Chayton County war mal ein sehr schöner Bezirk. Und jetzt?", sagte er.

„Dinge ändern sich. Man muss sich anpassen und dementsprechend handeln."

Er trank.

„Wann kommt der Gips ab, Earl?"

„In vier Wochen."

„Das ist lang."

Sie sah aus der Fensterfront auf eine Ansammlung von Bäumen. Ein starker Wind fegte durch die Äste.

„Es sollen heftige Tornados kommen", sagte sie.

„Ich wünschte, sie würden alles Übel aus Chayton wegpusten."

„Wie biblisch."

Lozen musst an die trashigen Horrorfilme denken, in denen ein Wirbelsturm Haie aus dem Meer zog und nach Los Angeles, New York und sonst wohin pustete.

Zwei Stunden später warf sich Lozen aufs Bett in ihrem Wohnwagen, das wieder ein seltsames Knarren von sich gab. Als sie das Motorrad abgestellt hatte, hatte sie gesehen, dass die Afroamerikanerin in ihrem Trailer war. Offenbar hatte sie irgendwo irgendwie Geld aufgetrieben. Lozen fuhr den Laptop hoch und rief Radio „Pahá Sápa" auf, wo ein Meteorologe erklärte, dass das Unglück auf dem Weg sei. In der Höhe ströme eine Masse kalter Luft, die ihre Feuchtigkeit über den Rocky Mountains verloren hätte, nach Osten, in Richtung der Great Plains. Er erklärte bedauernd, dass er zwar die Bedingungen für die Bildung eines Tornados voraussehen, aber nicht genau sagen könne, wo er sich bilden würde.

33.

Als die Sonne untergegangen war, fuhr Lozen zum „Old Style". Der Wohnwagen war ihr unerträglich eng vorgekommen und sie hatte Lust auf Menschen, Musik und eine Menge Bier. Vor dem runtergekommenen einstöckigen Holzhaus, auf dessen Flachdach ein Schild mit einer Krone und dem Schriftzug „Old Style" stand, parkte ein Dutzend Wagen. Sie stellte das Motorrad ab. Männer und Frauen verschiedener Altersgruppen standen vor dem Gebäude an einer Bar und tranken und feierten. Auf der rechten Seite des Gebäudes führte eine Außentreppe in den ersten Stock. Daneben war die Halfpipe, auf der Skateboarder Kunststücke trainierten. Lozen holte sich ein Bier an der Bar und gingen hinein. Es war voll und dunkel. Eine Band spielte die Coverversion eines alten Bon-Jovi-Songs, der mal Soundtrack eines Western gewesen war. Die Sängerin war gut. Lozen lehnte sich an einen Holzpfeiler und hörte zu.

Irgendwann sprach sie ein Typ an. Jünger als sie, schlank, blond, ein ehrliches Lächeln. Er trug schwarze Jeans und eine schwarze Lederjacke. Seine Stimme war angenehm. Er besaß Humor und stellte sich als Rob vor. Als er fragte, ob sie aufs Dach wolle, nickte sie. Sie gingen über die Außentreppe nach oben, von wo sie aufs Flachdach kletterten, auf der drei Kiffer ihren Rausch genossen und auf den Autofriedhof blickten, der unterhalb des „Old Style" lag und auf dem ein Lagerfeuer brannte, um das herum biertrinkende Jugendliche saßen, die zu jung waren, um legal in einer Kneipe einen Drink zu bekommen.

Lozen und ihre Bekanntschaft setzten sich. Ein leichter Wind blies übers Dach. Rob holte einen Joint aus der Innentasche der Lederjacke und gab ihn ihr zusammen mit einem Feuerzeug. Ein echter Gentleman. Er gönnte ihr den ersten Zug. Sie zündete den Joint an und nahm drei Züge.

„Wohnst du schon lange in Chayton County, Lozen?"

„Ich wohne hier nicht. Ich bin auf Besuch."

Sie gab ihm den Joint.

„Ich lebe in Washington."

„D. C. oder State?"

„D. C."

„Cool."

Was immer daran cool war.

„Und du kommst von hier?"

„Geboren und aufgewachsen."

„Ist das gut oder schlecht?"

Er lachte.

„Ich mag es hier. Und wenn ich Stadt-Feeling brauche, fahre ich nach Minneapolis."

„Da war ich noch nie."

„Ein Fehler."

Jemand rief Lozens Namen. Sie drehte sich um und sah, wie Johnnie To, in einem grünen Mantel und mit einem Rucksack auf dem Rücken, umständlich aufs Dach kletterte. Keine Frage, er hatte was eingeworfen, und davon jede Menge. Als er es aufs Dach geschafft hatte, blickte er skeptisch auf Rob.

„Was für ein hübscher Kerl", sagte er lallend und klang dabei wie Johnny Depp in „Pirates of the Caribbean".

Die Überraschung war Rob anzusehen. Seine Erfahrungen mit schwulen Männern schienen bisher theoretischer Natur gewesen zu sein.

„Wirst du mir untreu, Lozen-Schatz?"

„Hat Gott dich auf den Pfad der Heterosexualität geführt?"

„Ich wusste nicht, dass du so ungeduldig bist. Der Allmächtige ist keiner, der sich beeilt."

Johnnie To setzte sich neben Rob. Lozen stellte sie einander vor. Rob wirkte verunsichert.

„Alles klar, Kleiner?", fragte Johnnie To.

„Sicher, wieso nicht?"

Der Junge versuchte, cool zu wirken, und reichte ihm den Joint.

„Wie läuft's?", fragte Johnnie To, nachdem er zwei tiefe Züge genommen hatte.

„Bin raus. Kraft hat mich gefeuert", sagte Lozen.

„Oh. Und was jetzt?"

„Ich fahre."

„Und der Mörder der Mädchen?"

„Nicht mehr mein Job."

Rob schaute die beiden irritiert an.

„Wovon redet ihr?"

Johnnie To fuhr ihm mit der Hand durchs blonde Haar.

„Kleiner, wusstest du es nicht? Sie wurde angeheuert, den Mörder der drei Nutten zu finden. Jetzt hat man sie rausgeschmissen."

„Du bist ein Bulle?", fragte der erstaunte Rob.

„Sie ist ein Mietbulle. Ihr geht's ums Geld, nicht um Gerechtigkeit."

„Tatsächlich?"

Rob sah Lozen fragend an, die mit den Schultern zuckte.

„Ich war mit Susan Knufken befreundet."

„Oh, Mann, Shit", sagte Johnnie To.

„Ich war mit ihr zusammen."

„Was hat nicht geklappt?", fragte Johnnie To und holte eine Whiskeyflasche aus dem Rucksack.

„Ich habe nichts gegen Joints und Bier. Aber sie hat Meth und anderes Zeug geschluckt, als wären es Jelly Tots. Sie war immer voll drauf. Hatte es nicht unter Kontrolle."

Johnnie To reichte ihm den Whiskey und er nahm einen tiefen Schluck.

„Sie war "ne gute Frau. Klug. Sie hat gerne gelesen. Bücher, nicht Magazine oder so. Ihr E-Reader, da waren unglaublich viele Romane drauf. Aus denen hat sie vorgelesen."

Irgendwoher kam Musik. Die Jugendlichen am Feuer auf dem Autofriedhof begannen zu tanzen.

„Susan hat es nicht verdient, auf diese Weise zu sterben", sagte Rob und nahm einen weiteren Schluck, „ich wünschte, ich würde den Wichser, der sie getötet hat, in meine Hände bekommen."

34.

Das Schloss der Haustür ließ sich problemlos öffnen. Lozen trat ein. Hellbraune, seltsam gemusterte Auslegware auf dem Boden, billige Möbel aus hellem Holz, eine veraltete Spielkonsole und ein genauso veralteter Fernseher. Sie war nach Pierre gefahren. Eine öde, gut dreistündige Fahrt auf dem Highway 34 über Milesville und Hayes. Das Land war flach und scheinbar endlos. Als würde man über einen Ozean fahren und kein Hafen wäre in Sicht. Sie hatte sich ein Hotelzimmer in Fort Pierre genommen, ein paar Stunden geschlafen, war zu einem Steakhouse und Saloon auf der Hustan Avenue gefahren, das ihr die Frau an der Rezeption empfohlen hatte und welches ein Panoramafenster besaß, durch das sie einen schönen Blick auf den Missouri River hatte. Der Wind peitschte übers Wasser und fegte durch die Äste der Bäume auf der gegenüberliegenden Uferseite. Nach dem Abendessen war sie zur Adresse von Ruben Johansson gefahren. Der DENR-Angestellte hatte in einem grünen flachen Holzhaus in der Dakota Avenue gewohnt. Offenbar war er jemand gewesen, der einen kurzen Weg zur Arbeit geschätzt hatte. Das Umweltamt lag auf der Capitol Avenue, die nicht weit entfernt war.

Nirgendwo fand Lozen Alkohol. Weder in der Küche noch im Wohnzimmer. Was dagegen sprach, dass Ruben Johansson vor seinem Tod zwei Flaschen Whiskey getrunken hatte. Sie schaute sich weiter um. Wie es der Anhänger in Form des dreieckigen Raumschiffs im Auto verraten hatte, war der Mann ein Fan von „Star City" gewesen. Im Wohnzimmer stand ein Regal mit Comics und bunten Spielfiguren aus der Serie, die in der Originalverpackung steckten. Auf einer stand der Name „Rozan Fada". Lozen erinnerte sich, dass Ruben Johansson ihn in der Nacht vor dem Sheriff's Office erwähnt hatte.

Lozen googelte die Figur auf dem Smartphone. Sie war eine der Hauptfiguren, ein Informationshändler, der gegen die korrupte Administration der Weltraumstadt intrigierte. Sie nahm die Figur. Originalverpackt wie die anderen. Ein leichter Geruch von Klebstoff kam ihr in die

Nase. Die Figur besaß Zubehör. Eine schwertähnliche Waffe und ein eiförmiges Gefährt mit einem dunklen Sichtfenster. Laut Aufschrift auf der Verpackung hieß es „Sky-Bike". Sie stellte die Figur zurück ins Regal. Ein solches Hobby würde zu Nick Davout passen, dachte Lozen.

Sie konnte in Ruben Johanssons Haus weder ein Tablet, einen Laptop noch einen Rechner entdecken. Wahrscheinlich hatte die Polizei die Geräte mitgenommen. Im Schlafzimmer fand sie einen E-Reader unter dem Kissen, der vollgeladen war mit „Star City"-Romanen und Sachbüchern über Umweltproblematiken. Keine Spur eines weiteren Bewohners. Der Mann war offenbar Single gewesen. Sie schaute aus einem Fenster auf ein weiß-graues Haus mit Spitzdach, das von einer Straßenlaterne spärlich beleuchtet wurde.

Lozen begann, sich darüber zu ärgern, dass sie nach Pierre gefahren war. Rob, Johnnie To und sie hatten auf dem Dach bis zum Sonnenaufgang weitergetrunken, waren schließlich in Robs Apartment und dort im Bett gelandet. Als sie am frühen Nachmittag verkatert aufgewacht war, schliefen die Männer noch. Sie war aufgestanden, hatte sich leise angezogen und war mit einem Taxi zum „Old Style" gefahren, wo sie das Motorrad stehen gelassen hatte. Der Entscheidung, sich auf die Maschine zu schwingen und loszufahren, waren keine tiefschürfenden Überlegungen vorausgegangen, es war eher wie ein plötzlicher Einfall, nur dass es weder plötzlich noch ein Einfall gewesen war. Robs verdammte Äußerungen über Susan Knufken waren schuld. Lozen schüttelte den Kopf und fluchte über den Anfall von Sentimentalität. Wann war sie weich geworden?

Sie verließ das Haus und blickte sich um. Einfamilienhäuser mit Garagen. Meistens parkte ein Auto davor. Die typischen amerikanischen Briefkästen am Straßenrand. Sie sah zu dem von Ruben Johansson. Der in den Boden gerammte Holzpfahl, auf dem der längliche Blechbriefkasten befestigt war, stand, im Gegensatz zu denen auf den Nachbargrundstücken, auf einem kleinen Erdhügel. Sie ging hin. Der Holzpfahl ließ sich leicht herauszuziehen. Sie schaute in das Loch. Nichts. Wäre auch zu schön gewesen.

Sie setzte auf der Fahrt ins Hotel die Selbstanalyse fort: Die Fahrt nach Pierre war eine Übersprunghandlung gewesen. Weil sie so was wie ein schlechtes Gewissen gehabt hatte. Mit dem schlechten Gewissen war auch die Wut auf den Gouverneur wieder aufgeflammt. Es gefiel ihr nicht, einfach aufzugeben.

35.

Das Smartphone vibrierte. Johnnie To rief an. Lozen ging nicht ran. Sie saß an der Theke der fast leeren Hotelbar, hatte den Laptop vor sich liegen und las auf der Internetseite von Radio „Pahá Sápa" den aktuellsten Artikel über das Pipeline-Unglück, der hauptsächlich aus Fotos von den Reinigungsarbeiten bestand. Anschließend öffnete Lozen „American Guard". Pierce Britton war zu dem Schluss gekommen, dass Umweltschützer die Pipeline sabotiert hätten, um „Stark Oil" schlecht aussehen zu lassen. Lozen verließ dieses wirre Paralleluniversum und öffnete die Seite vom „Homer Bugle".

Die Barkeeperin stellte ein Bier vor Lozen. Es lief ein Country-Song. Ein Mann sang, dass er nicht der diplomatische Typ wäre, der einer Konfrontation aus dem Weg gehen würde. Was für ein Macho-Unsinn. Lozen nahm einen Schluck. Am anderen Ende der Theke tranken zwei grauhaarige Biker, die die 60 überschritten hatten. Hinter ihr studierte ein Pärchen auf einem Tablet eine Landkarte. Lozen schloss die Seite des „Homer Bugle", die keine Neuigkeiten zu vermelden hatte. Sie war unsicher, wie sie weiter vorgehen sollte. Aber wenn sie schon die Dreistundenfahrt auf sich genommen hatte, sollte sie die Untersuchung gründlich durchführen. Es gab immer Möglichkeiten. Lösungen. Vielleicht. Vielleicht auch nicht. Ein Glücksspiel. Aber da war der Spieler eigentlich meistens der Verlierer.

Sie begann, nach den Social-Media-Accounts von Ruben Johansson zu suchen. Sie fand ein Facebook- und ein Twitter-Konto. Letzteren hatte er selten benutzt. Es gab kaum Einträge. Einer der Biker rief zu ihr rüber, ob er sie auf einen Drink einladen dürfe, was sie mit der Begründung ablehnte, dass sie arbeiten müsse, was der Biker bedauerte. Lozen öffnete den Facebook-Account von Ruben Johansson: Posts von Ausflügen, von Veranstaltungen über Klimawandel und Umweltschutz, von Comic Cons und über „Star City". Letztere bezogen sich mehrfach auf Rozan Fada. Mit anderen Nerds diskutierte der DENR-Angestellte die zurückliegenden

Abenteuer und spekulierte, was Rozan Fada in Zukunft tun würde. Lozen verstand nicht, wie sich Menschen so intensiv mit fiktiven Charakteren auseinandersetzen konnten.

„Er ist der Coolste."

Lozen blickte nach oben und sah ins lächelnde Gesicht der Barkeeperin.

„Er ist der Coolste in der Serie. Und Scott Keener sieht verdammt gut aus", sagte sie und zeigte mit dem Finger auf den Bildschirm. Lozen nickte.

„Ich hoffe, er kriegt es hin."

„Was hinkriegen?"

„Hast du die letzten Folgen nicht gesehen? Die zweite Hälfte der neuen Staffel steht doch seit Tagen online."

„Zu viel gearbeitet."

„Das Problem kenne ich."

„Und was muss Rozan jetzt hinkriegen?"

Lozen fragte aus Höflichkeit, nicht aus Interesse.

„Achtung, Spoiler."

„Kein Problem."

„Also: Rozan ist durch den Vorturi an die Daten gelangt, die beweisen, dass der Vize-Administrator von Star City,

Balek Smith, ein Kriegsverbrecher ist, weil er die Roznoi abgeschlachtet hat."

Was war ein Vorturi und wer waren die Roznoi, fragte sich Lozen.

„Tatsächlich? Durch den Vorturi?"

„Ja."

Einer der Biker rief nach der Barkeeperin, die daraufhin zu ihm rüberging. Lozen blickte ihr hinterher. Eine Ahnung schoss ihr durch den Kopf. Sie passte zu einem Nerd. Rozan Fada war ein Informationshändler. Die Verpackung der Figur hatte nach Kleber gerochen. Konnte es sein? Vielleicht. Vielleicht auch nicht. Ein Glücksspiel.

„Noch ein Bier?", fragte die zurückgekehrte Barkeeperin.

„Gerne."

Alles in ihr sträubte sich, der Ahnung nachzugehen. Aber warum sollte sie es nicht tun? Sie würde ja niemandem davon erzählen müssen.

Nachdem sie das Bier getrunken hatte, zahlte sie und fuhr zurück zum Haus von Ruben Johansson. Aus dem Regal im Wohnzimmer nahm sie die Spielfigur von Rozan

Fada. Wieder kam ihr der Geruch von Klebstoff in die Nase. Sie nahm eine andere Figur. Die roch anders. Lozen schaute sich die Verpackung von Rozan Fada an. Sie entdeckte einen kleinen Tropfen. Offenbar war die Umhüllung vorsichtig geöffnet und anschließend zugeklebt worden.

Sie riss die Verpackung auf und nahm die Figur heraus. Die Extremitäten waren beweglich. Es gab nichts Auffälliges. Sie legte die Figur ins Regal und schaute sich das Sky-Bike an. Das dunkle Sichtfenster des eiförmigen Gefährts ließ sich abnehmen. Im Inneren lag ein silberner USB-Stick. Glückspiel gewonnen – wenn sich auf dem Stick nicht nur die Pornosammlung von Ruben Johansson befand.

36.

Lozen mochte Flüsse. Aus dem Hotelzimmer hatte sie einen guten Blick auf den Missouri. Ein hell erleuchtetes Schiff fuhr langsam vorbei. Eine Zeit lang hatte sie mit zwei Freundinnen auf einem Hausboot gewohnt. Die Nähe zum Wasser hatte ihr gefallen. Genauso das Gefühl der Unabhängigkeit und Freiheit, das sie durch das Leben auf dem Boot verspürt hatte.

Lozen ging zum Bett, setzte sich, nahm den Laptop in den Schoß und holte die Daten des USB-Sticks auf den Bildschirm. Vier unbenannte Ordner. Im ersten entdeckte Lozen ein Schriftstück, in dem Ruben Johansson seine Behauptung über die manipulierten Berichte wiederholte. Wie im Auto belegte er die Behauptungen nicht. Sie öffnete den zweiten Ordner. Fotos. Schwarz-weiß, viele verwackelt und unscharf. Offenbar aus größerer Distanz gemacht. Zwei Personen auf einem Parkplatz. Eine übergewichtige Frau und ein glatzköpfiger Mann im dunklen Anzug. Sie unterhielten sich. Am Ende gab der Mann der Frau einen Umschlag.

Die Frau erkannte Lozen. Es war die Umweltaktivistin Selina Keil. Wer war der Mann? Lozen stellte den Laptop aufs Bett, holte sich ein Wasser aus der Minibar und setzte sich wieder aufs Bett. Sie schaute sich die Titel der Bilder an: „GreenArrowStark.jpg". Waren durchnummeriert von 1 bis 24. Half ihr nicht. Sie öffnete den dritten Ordner. Erneut ein Schriftstück. Eine Art Überwachungsprotokoll. Ruben Johansson beschrieb, wie er Selina Keil tagelang beobachtet hatte, bis sie den Glatzkopf auf dem Parkplatz traf. Laut Ruben Johansson handelte es sich um einen Angus Pepper, einen Anwalt, der für „Stark Oil" arbeitete.

Im vierten Ordner fand sie eine Aufstellung von Aktionen von „Green Arrow" gegen „Stark Oil", die gescheitert waren. Offenbar hatte Ruben Johansson geglaubt, dass die Umweltaktivistin für den Ölkonzern arbeitete. Was bedeutete das? Möglicher Tathergang: Die anonyme Anruferin ruft bei der Umweltorganisation an.

Die schickt Gavin Ames. Selina Keil informiert Angus Pepper. Der meldet das seinen Vorgesetzten, die beschließen, den Aktivisten zu stoppen, weil sie nicht wollen, dass das Leck publik wird. Lozen schrieb eine E-Mail an Nick Davout und bat ihn, Angus Pepper gründlich zu durchleuchten.

Sie ging wieder ans Fenster. Ohne das Schiff war der Missouri kaum zu sehen. Ein Ölkonzern, der über Leichen geht. Ungewöhnlich. Vielleicht hatte jemand überreagiert. Vielleicht war aus einer Warnung ein Mord geworden.

37.

Das Geräusch eines Türschlosses, das geöffnet wurde. Schritte. Etwas knirschte. Wahrscheinlich eine Tasche, die abgestellt worden war. Etwas knallte. Wahrscheinlich ein Schuh, der ausgezogen und achtlos auf den Boden geworfen worden war. Wie zur Bestätigung folgte ein zweiter Knall. Etwas raschelte. Wahrscheinlich eine Jacke, die ausgezogen worden war. Schritte. Wieder Geraschel. Dann ein Plätschern, gefolgt von einer Toilettenspülung. Die Person hatte also die Badezimmertür nicht geschlossen. Warum auch? Sie dachte, sie wäre allein. Ein neues Geräusch. Das von fließendem Wasser. Mit ziemlicher Sicherheit ein Wasserhahn, der aufgedreht worden war. Das Geräusch endete. Schritte. Die Tür zum Wohnzimmer öffnete sich, jemand schaltete das Licht an. Selin Keil betrat den Raum. Sie schrie vor Schreck auf, als sie Lozen bemerkte, die auf einem Ohrensessel saß, über dem ein bunter Quilt lag.

„Sheriff Graham, was machen Sie in meiner Wohnung?"

Keine Antwort.

„Wie sind Sie reingekommen?"

Lozen zeigte auf den Stapel Schwarz-weiß-Fotos auf dem Boden, die sie in einem Supermarkt ausgedruckt hatte. Es waren die Bilder vom USB-Stick. Selina Keil starrte entsetzt auf die Aufnahmen.

„Ms. Keil, wollen Sie mir etwas mitteilen?"

Die Umweltaktivistin blickte auf die Fotos. Lozen gähnte. Sie war müde. Am Morgen war sie von Pierre nach Minnesota gefahren, nachdem Anna Hess an der Rezeption des „Larsen Hotel" ihr gesagt hatte, dass Selina Keil und die anderen „Green Arrow"-Aktivisten ausgecheckt hätten. Die fast siebenstündige Fahrt auf der US 212 war noch öder gewesen als die von Homer City nach Pierre. Sie war direkt zu Selina Keils Adresse gefahren. Die Umweltaktivistin hatte es ihr einfach gemacht. Sie lebte in einem Miethaus mit einer roten Feuerleiter. Eines der Fenster war nicht richtig verschlossen gewesen.

Selina Keil atmete durch.

„Ohne Anwalt spreche ich nicht mit Ihnen."

Offenbar hatte sie sich gefangen.

„Welche Amtsgewalt haben Sie eigentlich in einem anderen Bundesstaat, Sheriff?"

„Keine."

Die Umweltaktivistin sah sie irritiert an.

„Ich rufe jetzt meinen Anwalt an."

Lozen zog das Karambit aus der Hosentasche, wobei die Klinge aufsprang. Selina Keil schaute ängstlich auf die kurze geschwungene Klinge.

„Ms. Keil, Sie werden von ‚Stark Oil' bezahlt. Sie haben die Firma informiert, dass es einen anonymen Tipp gab und Gavin Ames nach Chayton County fährt."

„Wie Sie wissen, war die Anruferin nicht sehr genau. Woher sollte ich wissen, dass ‚Stark Oil' betroffen ist?"

„Ihre Kollegin hat es im Diner erklärt: Es gibt keine Chemiefabriken in Chayton County, kein Atomkraftwerk oder andere Firmen, die nennenswerte Umweltschäden anrichten könnten. Es blieben nur die Pipelines, die ‚Stark Oil' gehören."

„Verlassen Sie meine Wohnung."

Lozen spielte mit dem Karambit.

„Ich habe das Gefühl, dass Sie mir drohen, Sheriff."

„Warum musste Gavin Ames sterben?"

Selina Keil sagte nichts und rieb sich die Augen.

„Eine Umweltorganisation unterwandern ist eine Sache, Mord eine ganz andere, Ms. Keil."

„Was wollen Sie mir unterstellen?"

Lozen sprang auf und gab Selina Keil eine heftige Ohrfeige, die daraufhin zurücktaumelte. Die Umweltaktivistin sah sie entsetzt an.

„Wer?", fragte Lozen.

„Sie dürfen mich nicht schlagen."

„Sie haben Ihre Freunde bei ‚Green Arrow' verraten. Warum, ist mir völlig egal. Aber Sie machen mir nicht den Eindruck, als würden Sie bei einem Mord mithelfen."

Eine Träne lief aus dem rechten Auge der Aktivistin.

„Mit dem Tod von Gavin habe ich nichts zu tun."

Sie ließ sich schluchzend aufs Sofa gegenüber dem Ohrensessel fallen. Lozen setzte sich, klappte die Klinge des Karambit ein und steckte das Messer weg. Ein weiteres Gähnen konnte sie nicht unterdrücken.

„Gavin sollte Angst gemacht werden, das war alles", sagte Selina Keil nach einiger Zeit, nachdem sie sich wieder aufgerichtet hatte.

„Nur Angst gemacht werden?"

„Es ist was schiefgegangen."

„Schiefgegangen? Ames hatte zwei Kugeln in der Brust." Selina Keil fiel wieder in sich zusammen und wimmerte.

„Ms. Keil, reden Sie mit mir", sagte Lozen nach einigen Minuten.

Die Umweltaktivistin sah sie an und rieb sich das Gesicht.

„Angus meinte, Gavin wäre auf einen seiner Männer losgegangen. Es hätte einen Kampf gegeben, bei dem sich die Schüsse gelöst hätten", sagte sie weinend.

„Gavin Ames geht auf einen Mann mit einer Waffe los. Klingt das für Sie glaubwürdig?"

„Angus hat es mir versichert. Er war ja nicht dabei und genauso entsetzt wie ich über das, was passiert ist."

Lozen hatte den Eindruck, dass Selina Keil diese Geschichte glauben wollte. Schließlich nahm sie ihr einen Teil der Mitverantwortung von den Schultern.

„Angus ist zu mir gekommen und wir haben den ganzen Abend darüber gesprochen. Er hat geweint. Da auf dem Sessel, auf dem Sie sitzen."

Angus Pepper schien ein patenter Mann zu sein, der wusste, wie man Menschen manipulierte, dachte Lozen. Nick Davouts erste Recherchen hatten nicht viel ergeben. Angus Pepper war 45, verheiratet, zwei Kinder, Partner einer Kanzlei mit Sitz in Minnesota, Anwalt für „Stark Oil", keine Vorstrafen. Lozen hoffte auf mehr. Ihr Angestellter hatte die E-Mail- und Social-Media-Accounts des Anwalts noch nicht gehackt.

„Angus würde nie jemanden umbringen. Er ist kein Mörder."

„Wen hat Pepper zu Ames geschickt?"

„Weiß ich nicht."

„Lügen Sie mich nicht an."

„Ich lüge nicht. Ich gebe nur Informationen an Angus weiter. Das ist alles. Ich brauche das Geld. Ich habe Schulden. Seine Mitarbeiter kenne ich nicht."

„Wem berichtet Pepper?"

„Weiß ich nicht."

Selina Keil schluchzte.

„Gavin war ein Freund von mir. Es hätte nicht passieren dürfen."

38.

„Wo ist Ms. Keil jetzt?", fragte Earl Arendts. Er saß mit Lozen, die von Minnesota direkt nach Homer City gefahren war, vor dem Kamin und trank ein Bier. Draußen tobte ein Unwetter.

„Ich habe sie zur Polizei von Minnesota gebracht. Da sitzt sie in Untersuchungshaft."

Sie gähnte. Sie war wirklich müde.

„Hat sie gestanden?"

„Ja."

„Was hast du jetzt vor?"

„Warten, bis Nick seine Recherchen beendet hat. Dann werde ich diesen Pepper besuchen."

„Hast du keine Angst, dass die Umweltschützerin bei ihm anruft? Es gibt Telefone im Gefängnis. Auch wenn sie kooperiert, könnte sie ihn trotzdem warnen."

„Glaube ich nicht. Der Mord an Ames nimmt sie wirklich mit. Sie ist verunsichert. Und sie hat Angst."

„Angst vor ‚Stark Oil'?"

„Auch."

Der Sheriff sah sie an.

„Hast du sie etwa eingeschüchtert?"

„Ein bisschen."

„So arbeiten wir nicht."

„Ich bin kein Deputy mehr."

Er schüttelte den Kopf.

Lozen hörte, wie die Haustür geöffnet wurde, und sah Earl fragend an.

„Anna bringt mir was zu essen."

„Pascha."

Anna Hess kam ins Wohnzimmer, grüßte, fragte Lozen, ob sie mitessen wollte, was diese verneinte, und verschwand in der Küche.

„Ist man heute ein Pascha, wenn eine Frau einem Essen bringt?", fragte Earl Arendts.

„Bringst du ihr Essen vorbei?"

„Ich? Nein."

„Dann bist du ein Pascha."

„Wir leben in verrückten Zeiten."

„Ja, völlig verrückt. Mit Gleichberechtigung und all dem Scheiß."

Lozens Smartphone klingelte. Die Rufnummer war unterdrückt. Sie nahm ab.

„Ja?"

„Mein Name ist Chad Magnuson."

„Aha."

„Ich nehme an, das sagt Ihnen etwas."

„Ja."

„Gut."

„Ich glaube, Sie sind falsch bei mir."

„Wieso?"

„Ich arbeite nicht mehr fürs Sheriff's Office."

Earl Arendts sah Lozen fragend an.

„Ich weiß", sagte Chad Magnuson.

„Woher?"

„Man hört so dies und das."

„Wenn Sie dies und das hören, was wollen Sie dann?"

„Sie haben die Terroristenwichser vergangenes Jahr gefasst und sind eine Freundin vom Sheriff und von Eike Wolfen. Ich glaube nicht, dass Sie einfach aufstecken."

Lozen fragte sich, woher Chad Magnuson wusste, dass sie gefeuert worden war. Arbeitete Deputy David Brown unter Umständen für beide Drogendealer?

„Mr. Magnuson, ich arbeite für Geld. Wird ein Vertrag aufgelöst, stelle ich die Ermittlungen ein."

„Ist das so?"

„Sie können Ihren kleinen Drogenkrieg ungestört weiterführen, bis der Sheriff sich wieder aufs Pferd schwingt und Sie teert und federt. Ich komme dann vorbei und schau mir an, wie Sie aus der Stadt getrieben werden."

Earl Arendts zog die linke Augenbraue hoch.

„Sie sind echt witzig, Ms. Graham."

„Das hat man mir auf der Clown-Schule auch gesagt."

Sie beendete das Gespräch.

„Geteert und gefedert? Clown-Schule? Wer war das?", fragte Earl.

Lozen sagte es ihm.

„Was wollte der Kerl?"

„Checken, ob er mit mir rechnen muss."

„Der Kerl könnte ein Problem werden."

„Er ist bereits ein Problem."

Sie erhob sich und stellte die leere Bierflasche auf den rustikalen Holztisch vor dem Sofa.

„Willst du wirklich nicht zum Essen bleiben, Lozen? Anna bringt meistens zu viel mit."

„Ich will euch Turteltauben nicht stören."

„Wir sind keine Turteltauben."

„Klar. Die Wahrheit ist eine ganz andere. Du verkaufst dich als Callboy, um dein lausiges Sheriffsgehalt aufzubessern, und sie ist deine Kundin. Wenn ich das Pastor Moritz erzähle, wird der ohnmächtig umfallen."

„Was?"

„Einen schönen Abend, Earl."

39.

„Ich brauche Ihre Hilfe, Ms. Graham", sagte Benny Fowler.

Lozen saß vor ihrem Trailer, schaute auf ein Tablet und aß ein Sandwich aus Vollkornbrot, Käse und Tomaten. Sie hatte zwölf Stunden geschlafen und fühlte sich erholt. Nick Davout hatte seine Recherchen über Angus Pepper noch nicht beendet, weshalb sie nichts anderes tun konnte, als Zeit totzuschlagen. Deshalb hatte sie sich auf dem Tablet „Star City" angesehen. Bis der Trailerpark-Manager störte.

„Hilfe? Tatsächlich? Wobei?"

„Hinten habe ich ein Pärchen. Die sind total drauf und schreien und werfen Flaschen auf Nachbarn."

„Jetzt gerade?"

„Ja. Voll brutal, was da abgeht."

„Rufen Sie Deputy Brown an."

„Wieso?"

„Mein Job ist vorbei. Er ist jetzt zuständig."

„Echt?"

„Ja."

„Brown ist kein Mensch, den man um Hilfe bittet."

„Tatsächlich?"

„Wissen Sie, was sein Onkel gemacht hat?"

„Hab davon gehört."

Lenny tauchte auf und bekam von Lozen ungefragt eine Zigarette.

„Und Sie können das Pärchen nicht zur Ruhe bringen?"

„Nein, Mr. Fowler, tut mir leid."

Benny Fowler nickte und zog enttäuscht ab. Ihm kamen Margie und Mike entgegen, die einen geklauten Einkaufswagen vor sich herschoben, der mit Lebensmitteln gefüllt war. Margie zeigte ihr den Mittelfinger. Lozen biss ins Sandwich und konzentrierte sich wieder auf „Star City". So langsam gefiel ihr die Serie. Rozan Fada brach gerade mit dem Vorturi in ein Raumschiff im Weltraumdock ein, als ihr Smartphone klingelte. Es war Nick Davout.

40.

Das Wetter war mies. Richtig mies. Der Himmel war nachtdunkel, obwohl es nicht mal zwölf Uhr mittags war. Windböen peitschten den Regen auf die Windschutzscheibe des alten Pick-ups. Lozen beobachtete seit einer Stunde mit einem Fernglas das „Sheridan's Inn", dessen Neonzeichen auch blinkten, wenn es geschlossen war. Der Wagen und das Fernglas gehörten Earl Arendts. Er hatte ihr beides geliehen. Sie parkte neben einem leerstehenden Stall, eine knappe halbe Meile entfernt von der Bar. Sie hatte das Radio ausgeschaltet, weil der auf die Fahrerkabine prasselnde Regen zu laut war. Lozen lockerte die Schultern. Ohne Musik war die Überwachung langweilig.

Sie war erleichtert, als ein Wagen mit angeschalteten Scheinwerfern die Straße hinaufkam, hinter dem „Sheridan's Inn" parkte und kurz darauf zwei Gestalten in gelben Regenponchos zur Eingangstür gelaufen kamen. Es waren Sista Louisa und der Barkeeper mit dem Vokuhila-Haarschnitt. Er war gut zwei Köpfe größer als seine Chefin. Die Zuhälterin schloss schnell die Tür auf.

Als sie im Gebäude verschwunden waren, startete Lozen den Pick-up und fuhr zur Bar. Sie stoppte direkt vorm Eingang, weil sie keine Lust hatte, durch den Regen zu laufen. Sie überlegte, ob sie die Schrotflinte mitnehmen sollte, die hinter ihr in einer Halterung hing, und entschied sich dagegen. Sie zog die Lederjacke über den Kopf, öffnete die Fahrertür, sprang raus und rannte zum Eingang. Sie drückte die Tür und betrat die Bar. Musik lief. Ein Rapper philosophierte darüber, wann es richtig wäre, zu sterben, und wann es richtig wäre, zuzuschlagen. Der Barkeeper stand hinter der Theke und rauchte.

„Schwester, du bist zu früh. Wir öffnen erst in einer Stunde."

Lozen ging auf ihn zu.

„Ich will Sista Louisa sprechen."

„Das wollen viele. Hast du einen Termin?"

„Termin? Termine mach ich, wenn ich zum Frauenarzt gehe."

Der Barkeeper legte die Zigarette in einen Aschenbecher in Form des Batman-Logos und blähte seine Brust auf, um zu zeigen, dass mit ihm nicht zu spaßen wäre. Die Geste erinnerte Lozen an Foghorn J. Leghorn aus den alten Looney-Tunes-Cartoons. Sie zog die Heckler & Koch P9S. Der Barkeeper ließ die Luft ab und hob die Arme.

„Hey, Schwester, kein Stress."

„Ich hab keinen Stress."

Sie ging hinter die Bar und machte mit dem Zeigefinger der linken Hand eine Kreisbewegung. Der Barkeeper verstand die Geste und dreht ihr den Rücken zu.

„Schwester, ich wollte dich nicht sauer machen."

„Hast du nicht."

Lozen schlug den Barkeeper nieder und fesselte ihn mit Kabelbindern. Der Rapper behauptete, dass ein verlorener Kampf den Verlust des Lebens für einen Samurai bedeutete. Hoffentlich glaubte der Barkeeper nicht an solch einen Mist.

Lozen ging mit der Waffe in der Hand zum Büro von Sista Louisa und öffnete die Tür. Die Zuhälterin hatte die Füße auf einem massiven Schreibtisch und spielte irgendein Spiel auf dem Smartphone. Hinter ihr hing ein Flatscreen, auf dem, ohne Ton, eine Folge von „Star City" lief. Aus den Boxen in den Zimmerecken war der Rapper zu hören. Sie sah Lozen erstaunt an.

„Wo ist sie?", fragte sie Sista Louisa.

Nick Davout hatte die E-Mail-Accounts von Angus Pepper endlich gehackt. Deshalb der Anruf. Das private Konto war kein Problem gewesen, das bei „Stark Oil" hatte Anrufe und E-Mails mit Trojanern erfordert, die ihm Zugang zum Firmennetzwerk ermöglicht hatten. Er hatte Belege für die Infiltrierung von „Green Arrow" gefunden, aber auch etwas anderes, womit Lozen nicht gerechnet hatte.

Sista Louisa sah Lozen fragend an.

„Wen meinst du?"

Sie nahm ihre Füße vom Schreibtisch und stand auf. Lozen hob die Waffe. Die Zuhälterin setzte sich wieder.

„Wo ist sie?"

Sista Louisa wollte erneut aufstehen.

„Sitzen bleiben. Hände auf den Tisch."

Die Zuhälterin folgte den Anweisungen.

Aufgrund von E-Mails an Franklin Millar hatte Nick Davout belegen können, dass Lindsay Shields versuchte hatte, den CEO zu erpressen. Sie schrieb etwas von Aufnahmen. Es war nicht klar, was sie zeigten, nur, dass es etwas war, was dem Mann Sorgen machte. Denn Franklin Millar forderte Angus Pepper auf, etwas gegen das Problem zu tun, und zwar endgültig. Lozen hatte ihren Angestellten gefragt, von wann die E-Mails waren, und erfahren, dass sie vier Tage alt waren.

„Was soll der Mist? Du bist kein Sheriff mehr", sagte Sista Louisa.

„Hat dir das dein Freund David Brown erzählt?"

Die Zuhälterin schwieg.

„Also?"

„Das muss ein Missverständnis sein."

Lozen hob die Waffe.

Nick Davout hatte einen dritten E-Mail-Account von Angus Pepper gefunden. Auf einen anderen Namen. Er hatte ihn entdeckt, weil der Anwalt den Fehler begangen hatte, eine E-Mail vom Firmen-Konto an die dritte Adresse zu schicken. Auf dem dritten Account hatte Lozens Angestellter eine E-Mail an Sista Louisa und Matt Breitweisser entdeckt, mit der Aufforderung, sich um Lindsay Shields zu kümmern und die Aufnahmen sicherzustellen.

„Du schießt nicht einfach auf Leute", sagte die Zuhälterin, die stark schwitzte.

„Warum nicht?"

„Es gibt Gesetze."

Lozen grinste.

„Ich kann belegen, dass du im Auftrag von Angus Pepper und ‚Stark Oil' Lindsay Shields entführt hast."

Sie zog das Smartphone aus der Jackentasche und legte es auf den Tisch.

„Ein Klick und die Informationen landen beim Sheriff's Office, den State Troopern und beim FBI, und du landest in Maka Prison."

Sista Louisa sah sie an.

„Wie kann ich das verhindern?"

„Gar nicht. Wenn du kooperierst, gebe ich dir einen Vorsprung. Wenn du es clever anstellst, schaffst du es raus aus dem Staat."

Die Zuhälterin kratzte sich mit der rechten Hand am Kinn.

„Hände auf dem Schreibtisch lassen", sagte Lozen.

Sista Louisa tat es.

„Also gut. Was willst du wissen?"

„Lebt Lindsay Shields?"

„Ja."

„Und?"

„Vermutlich ist sie nicht mehr in einem guten Zustand."

„Wo finde ich sie?"

„Im Party-Haus."

Sie wollte fragen, wo sich das Haus befand, als Sista Louisa die Augen aufriss. Irgendjemand war hinter Lozen. Sie ließ sich zu Boden fallen und wirbelte herum.

Steve, der Kehlkopf, stand in der Tür. Offenbar hatte man ihn aus Maka Prison entlassen. Er schoss mit einer Halbautomatik. Die Kugel ging irgendwo in den Boden. Lozen verpasste ihm zwei Kugeln in den Kopf. Er kippte nach hinten, dabei löste sich ein Schuss. Sista Louisa schrie.

Lozen stand auf und sah zur Zuhälterin. Sie saß in ihrem Stuhl. Ein roter Fleck bildete sich auf ihrer linken Brust. Sie war tot. Lozen fluchte.

41.

Lozens Hände begannen zu zittern. Sie setzte sich auf den Schreibtisch, zog einen Joint aus der Lederjacke, schaffte es beim zweiten Versuch ihn anzuzünden, und inhalierte. Nach ein paar Zügen ließ das Zittern etwas nach. Sie entspannte sich und dachte nach: das Party-Haus. Ihr fiel ein, dass Johnnie To erzählt hatte, er wäre da gewesen. Sie nahm weitere Züge. Als die Hände ruhig genug waren, gelang es ihr, das Smartphone herauszuholen, den Code einzugeben und die Rufnummer aufzurufen. Er nahm nach dem zehnten Klingeln ab.

„Ja?"

„Hier ist Lozen."

„Hallo, mein Schatz. Du warst so schnell weg nach unserer Nacht mit Rob. Du hast so einen schönen Bauchnabel."

Johnnie To war offenbar blau, breit, beduselt. Im Hintergrund hörte sie Musik.

„Johnnie, wo ist das Haus von Sista Louisa, in dem sie ihre Partys veranstaltet?"

„Willst du deinen Bauchnabel verkaufen?"

„Johnnie, es ist wichtig. Wo ist es?"

„Richtung Deadwood, auf einem Berg."

„Geht es nicht etwas genauer?"

„Nope."

„Würdest du es wiederfinden?"

Pause.

„Denke schon."

„Wo bist du?"

„Im ‚Old Style'. Der arme kleine Rob ist ganz durcheinander von unserer gemeinsamen Nacht. Ich will ihn beruhigen."

„Pass auf, Johnnie. Bleib da, bestell dir einen starken Kaffee."

„Hey, mir geht es gut."

„Wir müssen das Haus finden. Lindsays Leben hängt davon ab."

Johnnie schwieg einen Augenblick, bevor er „okay" sagte.

42.

Als Lozen vorm „Old Style" zu stehen kam, stand Johnnie To am Eingang, in der Hand einen Pappbecher. Die anderen Gäste hatten sich wegen des Regens ins Innere verzogen. Die Bar war geschlossen. Der Parkplatz stand unter Wasser. Lozen stieß die Beifahrertür auf.

„Steig ein."

Johnnie To lief mit dem Pappbecher durch den Regen zum Pick-up und kletterte ungelenk in den Wagen, wie es Betrunkene und Bekiffte taten.

„Was ist denn los, Lozen?"

„Erklär ich dir auf der Fahrt. Wo müssen wir hin?"

„Richtung Deadwood, außerhalb von Chayton County. Wir müssen auf die Silver City Road. Da ging es irgendwo ab."

„Wirst du es wirklich erkennen, wenn du es siehst?"

„Sicher."

„Trink weiter deinen Kaffee."

„Yes, Ma'am."

Lozen fuhr los.

„Welches Problem hat Lindsay eigentlich?", fragte Johnnie To.

„Sie hat den CEO von ‚Stark Oil' erpresst."

„Womit hat sie Millar erpresst?"

„Keine Ahnung."

Lozen bog nach links ab.

„Hey, das ist nicht der Weg zur Silver City Road."

„Wir holen jemanden ab."

„Wen?"

„Einen Freund."

Lozen fuhr zu Eike, parkte direkt vor der Veranda, stieg aus und lief die Treppen hoch. Wie beim letzten Mal saß er im Wohnzimmer. Diesmal ohne Whiskeyflasche im Schoß. Einzige Lichtquelle war der laufende Fernseher. Eike sah sie fragend an. Er war unrasiert.

„Ich bräuchte Rückendeckung", sagte sie.

„Wobei?"

„Ist das wichtig?"

„Nein."

Er erhob sich und stellte den Fernseher aus. Sie liefen durch den Regen zum Stall, in dem sich Eikes Waffenschrank befand. Er war nicht verschlossen. Im Inneren lagen eine Glock 18, der dazugehörige abnehmbare Anschlagschaft, Magazine in verschiedenen Längen, zwei FN Five-seven, halbautomatische Pistolen aus Belgien mit Double-Action-Abzug mit 10 oder 20 Kugeln im Magazin, und eine Winchester aus dem 19. Jahrhundert. Eike nahm die Glock 18, tauschte das eingelegte Magazin mit 13 Patronen gegen eines mit 33. Das neue war doppelt so lang wie der Pistolengriff.

„Wir können", sagte er, nachdem er den Anschlagschaft befestigt hatte.

Sie liefen zurück zum Wagen. Als Eike Johnnie To auf dem Beifahrersitz sah, stieg er hinten ein, wobei er einen schwarzen Rucksack wegschieben musste.

„Wer ist er?", fragte er, als sie im SUV saßen.

„Johnnie To."

„Was macht er?"

Johnnie To drehte sich zu ihm um.

„Ich genieße das Leben."

„Wie schön. Und woher kennt ihr euch?"

„Aus dem Trailerpark", sagte sie.

„Was hast du da gemacht?"

„Lange Geschichte."

„Seid Ihr ein Paar?"

„Leider nicht. Lozens Bartwuchs ist nicht stark genug."

Eike schaute ihn irritiert an.

„Du stehst auf Bart?", fragte Lozen.

„Nicht auf so ungepflegte wie bei deinem kleinen Freund."

„Er ist nicht mein kleiner Freund."

„Sicher?"

„Ja."

„Ganz sicher?"

„Ja. Wie kommst du drauf?"

„Du hättest seinen eifersüchtigen Blick sehen sollen, als er gefragt hat, ob wir ein Paar sind."

„Eike, würdest du …"

Keine Antwort.

„Er ist eingeschlafen", sagte Johnnie To.

Lozen schaute auf den Rücksitz. Eike hatte die Augen geschlossen und atmete ruhig.

„Was ist noch mal sein Job bei diesem Ausflug?"

Lozen antwortete nicht. Ein Traumapatient als Rückendeckung war vielleicht doch keine gute Idee.

43.

Sie benötigten eine knappe halbe Stunde, bis sie die Silver City Road erreichten, die durch den Black Hills National Forest führte.

„Du bist dran, Johnnie."

Langsam fuhren sie eine zweispurige Straße entlang, die kurvenreich durch einen Wald führte, durch den der Wind fegte. Der Regen nahm etwas ab. Johnnie To sah angestrengt nach draußen. Mehrmals in der nächsten halben Stunde bat er sie, anzuhalten. Es war stets falscher Alarm.

„Bist du sicher, dass es die richtige Straße und die richtige Gegend ist?"

„Ja."

„Ganz sicher?"

„Es ist eine Weile her."

„Und du warst breit."

„Ein bisschen vielleicht."

Lozen schüttelte den Kopf. Eine scharfe Linkskurve kam. Dahinter führte ein Weg in den Wald. Sie ging vom Gas.

„Hier?“

„Nein.“

Er zeigte auf den Briefkasten.

„Sowas gab es nicht.“

„Sicher?“

„Ja. Außerdem waren da Telefonmasten aus Holz, die zum Haus führten.“

„Kein Briefkasten, aber Telefonmasten. Daran erinnerst du dich?“

„Ja.“

Lozen schaltete Radio „Pahá Sápa“ an. Es liefen Nachrichten. US-Präsident Adam A. Kettle forderte die Todesstrafe für Drogendealer. Was sollte das bringen, fragte sie sich. Eine Rechtskurve, dahinter folgte eine gerade Stecke, auf der sie einen Motorradfahrer überholten, der dem schlechten Wetter trotzte, bevor eine Rechtskurve kam, hinter der ein Wohnmobil in einer Parkbucht stand. Danach ging es ein Stück bergab. Die Nachrichten endeten mit dem Wetterbericht, der eine einzige Tornado-Warnung war.

„Stopp", sagte Johnnie To auf einmal.

Lozen hielt.

„Da ist es."

Er zeigte auf einen Weg, der auf der rechten Fahrbahnseite in einem Bogen in den Wald nach oben führte.

„Sicher?"

„Siehst du die Autoreifen da am Straßenrand?"

„Ja."

„Die lagen damals schon da. Da waren es allerdings weniger."

„Das erste Mal, dass ich Umweltverschmutzung was abgewinnen kann."

„Und die Telefonmasten sind auch da."

Er hatte recht. Entlang des Weges waren Masten aus Holz, zwischen denen schlaffe Kabel hingen und die wahrscheinlich zuzeiten von Crazy Horse aufgestellt worden waren.

„Wie hoch liegt das Haus?"

„Hat 'ne Weile gedauert, bis wir da waren. Vielleicht eine Meile oder so."

Lozen schaute sich um. Der Wald um sie herum war an dieser Stelle nicht sehr dicht. Den Weg ein Stück rauf sah sie eine Baumgruppe, die geeignet war. Sie fuhr hoch und rückwärts hinein.

„Was soll das?", fragte Johnnie To.

„Wir müssen den Pick-up hierlassen. Wir wollen uns ja nicht ankündigen. Und falls jemand kommt, sieht er den Wagen im Wäldchen nicht."

Johnnie To nickte.

Lozen schüttelte Eike, bis er aufwachte.

„Ja?"

„Wir müssen los."

„Okay."

Er rieb sich die Augen.

„Johnnie, du wartest im Wagen, bis wir mit Lindsay zurück sind oder bis ich dich anrufe und dir sage, dass du hochkommen kannst. Wenn du innerhalb der nächsten Stunde nichts hörst, haust du ab und meldest dich beim Sheriff."

„Ich will mit."

„Bestimmt nicht."

„Ich kann dir helfen."

„Du stehst unter Drogen."

„Na und? Ich werde eine größere Hilfe sein als unser Narkoleptiker hier."

Johnnie To zeigte auf Eike.

„Er ist ein Profi. Selbst in seinem Zustand ist er eine Hilfe."

Johnnie To zog seinen Taser.

„Meinst du das ernst?"

Johnnie To zog ein Springmesser aus seiner Jacke.

„Es gibt nichts Dümmeres, als mit einem Messer zu einer Schießerei zu gehen", sagte Lozen.

Johnnie To zeigte auf die Schrotflinte in der Halterung.

„Nein."

Lozen holte den Schalldämpfer aus der Jacke und schraubte ihn auf die Heckler & Koch P9S.

„Für solche Momente lebst du, oder?"

„Du bist ein Spinner, Johnnie."

„Ein Spinner, den du liebst."

„Hombre Araña."

„Du hast mich recherchiert."

„Natürlich."

Sie gab ihm einen Kuss auf den Mund, nahm den Rucksack von der Rückbank und sprang aus dem Wagen. Eike folgte ihr. Der Regen nahm zu. Sie liefen los. Nach ein paar Metern fing Eike an zu keuchen und blieb zurück. Lozen musste das Tempo verlangsamen.

„Machst du jetzt schon schlapp?"

„Lauf weiter."

Der Himmel wurde dunkler. Als wäre es mitten in der Nacht. Die Bäume bogen sich unter der Wucht des Windes. Lozen ignorierte, dass Eike zurückblieb. Keine Zeit für Traumapatienten. Sie entdeckte einen Trampelpfad und folgte ihm. Der Wald wurde dichter. Sie orientierte sich weiter am Pfad. Irgendwann sah sie einen Lichtstrahl, der wie ein Laserschwert durch die Bäume fuhr. Statt direkt darauf zuzulaufen, machte sie einen Bogen, der sie auf eine bewaldete Anhöhe führte. Lozen blieb stehen und wartete, bis Eike zu ihr aufgeschlossen hatte.

Unterhalb von ihnen befand sich das Party-Haus, ein zweistöckiges Haus im Western-Style. Nicht alle Fensterläden waren geschlossen, deshalb drang Licht aus dem Gebäude. Lozen zog ein Fernglas aus dem Rucksack. Zwei Männer standen rauchend vor dem Eingang. In einem Raum im Erdgeschoss sah sie drei weitere. Einer von ihnen war Matt Breitweisser. Das Haus besaß einen Keller, zu dem es auf der linken Seite von außen einen Zugang gab, den eine Tür aus Metall versperrte. Auf der rechten Seite entdeckte sie ein geöffnetes Fenster. Der Raum, zu dem es gehörte, war dunkel. Sie sah zu Eike, der auf dem Rücken lag. Er atmete schwer und schwitzte. Seine Augen waren geschlossen.

„Schläfst du gleich ein?"

„Witzig."

„Schaffst du es, deine Waffe auf die zwei vor dem Haus zu halten und abzudrücken?"

„Müsste klappen."

„Es gibt ein offenes Fenster im Erdgeschoss. Wenn ich dadurch ins Haus geklettert bin, fang an zu schießen."

„Okay."

„Sicher?"

„Ist ja nicht schwierig."

„Für einen Typen in deinem Zustand ist alles schwierig."
Lozen gab ihm das Fernglas, erhob sich und lief in den
Wald.

Eike war schlecht. Er musste sich übergeben. Zum Glück
hatte sie es nicht gesehen, dachte er und atmete durch.
Sie verlässt sich auf dich. Er wischte sich den Schweiß
von der Stirn und schaute mit dem Fernglas zum Haus.
Es dauerte nicht lange und Lozen tauchte auf, ging
gebückt zum offenen Fenster und kletterte hinein. Ihm
wurde wieder schlecht. Er kotzte, nahm die Waffe, zielte
auf die zwei Männer und drückte ab. Die Glock 18 war
eine Reihenfeuerpistole. Sie konnte beim einmaligen
Durchziehen des Abzugs das gesamte Magazin
verschießen. Das tat Eike. Die 33 Kugeln fegten durch
die Wächter.

Als Lozen die Schüsse hörte, sprang sie auf. Sie war in
einem Schlafzimmer mit einem Bett in Herzform
gelandet. Mit der Waffe in der rechten Hand riss sie die

Tür auf. Im angrenzenden Raum blickte ein Fettsack mit einem silberglänzenden Colt aus dem Fenster. Sie schoss ihm in den Kopf. Ein Kerl stürmte in den Raum. Er hatte eine Schrotflinte in der Hand. Sie verpasste ihm je eine Kugel in die Brust und in den Kopf. Jemand sprang sie von der Seite an und schlug ihr die Waffe aus der Hand. Sie verpasste ihm zwei schnelle Schläge mit den Ellbogen gegen den Kopf. Er wankte zurück. Sie kannte das Gesicht. Es war Kurt Erbe, der Arsch, der Earl Arendts angefahren hatte. Sie haute hart gegen den Kehlkopf. Das war's. Links neben ihr tauchte ein Mann mit einem kurzläufigen Revolver in der linken Hand auf. Sie sprang ihn an, drückte die Hand zur Seite, verdrehte sie, gelangte dadurch in den Besitz der Waffe, hielt sie unter das Kinn des Angreifers und drückte ab. Er fiel tot zu Boden.

Keiner der drei war Matt Breitweisser gewesen. Wo war er? Lozen hob ihre Heckler & Koch vom Boden auf. Sie schaute sich um. Viel Platz, vier kreisrunde rote Betten. Zwischen ihnen standen Flugzeug-Trolleys. Sie öffnete einen. Er war gefüllt mit Alkoholika, Meth und anderen

Drogen. Sie bemerkte eine Bewegung rechts von sich und warf sich auf den Boden. Eine Kugel durchschlug den Trolley. Sie sah Deputy David Brown, der auf sie zielte, und zerschoss ihm beide Knie. Er schrie, ließ seine Glock 17 fallen und ging zu Boden. Sie stand auf.

„Wo ist sie?", fragte Lozen und zielte auf den Kopf.

David Brown sah sie mit schmerzverzerrtem Gesicht an.

„Wo ist sie?"

„Im Keller."

Lozen schoss.

Die Treppe, die nach unten führte, fand sie schnell. An den schwarz bemalten Wänden des Kellers hingen Peitschen und Ruten. Es gab eine Streckbank, einen Käfig und ein seltsames Konstrukt aus Seilen, in dem Lindsay Shields hing. Sie war nackt, ihr Gesicht ein blutiger Klumpen Fleisch. Überall am Körper hatte sie Blutergüsse und Verbrennungen, die von Zigaretten stammten. Sie starrte Lozen mit trüben Augen an.

Lozen legte ihre Waffe auf einen Tisch mit Butt-Plugs, Dildos und Gleitmittel, zog das Karambit, zerschnitt die

Seile und legte die stöhnende Lindsay Shields auf den Boden.

„Ich habe ihnen nichts gesagt."

Lindsay Shields nuschelte. Wahrscheinlich war ihr Kiefer gebrochen.

„Gut."

„Sie sind Schweine."

„Tote Schweine."

Lindsay Shields krümmte sich vor Schmerzen.

„Unter meinem Trailer findest du alles", sagte sie.

„Was finde ich da?"

Erneute krümmte sich Lindsay Shields.

„Ich habe ihnen nichts gesagt."

„Nein, das hast du nicht."

Lindsay Shields begann, hektisch zu atmen. Sie griff Lozens Hand. Dann war sie tot.

Lozen nahm ihre Waffe und ging aus dem Haus. Ein heftiger Wind wehte. Links von ihr bewegte sich jemand. Sie riss die Heckler & Koch hoch.

„Ruhig. Ich bin's", sagte Eike.

„Was schleichst du hier rum?"

„Einer ist abgehauen."

„Warum hast du ihn nicht aufgehalten?"

„Ich habe ihm eine Kugel ins Bein verpasst."

„Du bist nicht hinterher?"

„Mir ist kotzübel."

„Wie schön. Welche Richtung?"

Eike zeigte nach rechts zu einem Weg.

„Ich würde ihm aber nicht folgen."

„Warum?"

„Ein Tornado kommt."

„Seit wann bist du die Wettervorhersage?"

„Ich lebe lang genug in dieser Gegend."

Lozen schüttelte ungläubig den Kopf und lief los.

Im Wald war es stockdunkel. Es regnete. Die Bäume wehten wie Präriegras im Wind. Lozen brauchte nicht lange, bis sie auf einer Lichtung Matt Breitweisser vor sich sah. Er taumelte. Als sie schießen wollte, sah sie den wahren Feind, den Tornado, ein dunkles graues furchteinflößendes Monster, das sich durch den Wald fraß und sich auf sie zubewegte. Sie kannte die relevanten Hollywoodfilme zum Thema. Keiner konnte den echten Horror vermitteln.

Lozen drehte sich um und rannte zurück zum Party-Haus. Hinter sich hörte sie, wie Bäume brachen. Sie schaute nicht zurück. Nach einer gefühlten Ewigkeit erreichte sie das Haus.

„Hierher", schrie Eike, der beim äußeren Kellerzugang stand. Sie lief zu ihm und kletterte nach unten. Er schloss die Metalltür. Es war doch eine gute Idee gewesen, den Traumapatienten mitzuschleppen.

Lozen schaute sich um. Kisten mit Bier, Whiskey und Lebensmitteln. Sie entdeckte eine Tür aus massivem Holz, die sie öffnete. Sie gelangte in einen Flur, der zum Raum führte, in dem die tote Lindsay Shields lag. Plötzlich ging das Licht aus.

„Du solltest zurückkommen", sagte Eike, „nur das Lager scheint nachträglich verstärkt worden zu sein."

„Ein sicherer Raum."

„Genau."

Lozen ging zurück und schloss die Tür hinter sich. Eike saß auf dem Boden vor zwei erleuchteten Baulampen. Lozen ließ sich neben ihm nieder und zündete einen Joint an. Das Zittern würde kommen. Jetzt. Oder nach dem Tornado. Prävention war alles.

„Hast du schon mal einen erlebt?", fragte sie.

„Nein."

Die Wände begannen zu vibrieren. Erde rieselte von der Decke. Draußen wurde es lauter und lauter. Ein Geräusch, das wie der Schrei eines Mega-Monsters aus einem alten Godzilla-Film klang, erfüllte den Raum. Lozen konnte die Metalltür sehen, die nach draußen führte. Sie hatte den Eindruck, dass sie jede Sekunde aus ihrer Halterung gerissen werden konnte. Bei einem Tornado gestorben, was für ein blöder Tod, dachte sie.

44.

Nach fünf Minuten war der Spuk vorbei. Lozen und Eike standen auf und klopften sich die Erde von den Schultern. Er öffnete die Tür zum Keller. Die Wände des Flurs waren eingestürzt. Kein Durchkommen.

„Nur noch ein Weg nach draußen. Hoffentlich sitzen wir nicht fest", sagte er.

Die Metalltür zu öffnen, kostete Lozen und Eike einige Mühen, weil Schutt sie blockierte. Als sie sie endlich aufgedrückt hatten, kletterten sie erleichtert aus dem Keller ins Freie. Es regnete nach wie vor. Vom Party-Haus stand kaum noch was. Der Tornado hatte es in einen Berg aus Holzstücken verwandelt.

„Heilige Scheiße", sagte Eike.

Lozen schaute sich um. Der Tornado hatte eine Schneise durch den Wald geschlagen. In der Krone eines Baums, der standgehalten hatte, sah sie eine groteske Gestalt hängen, deren Rückgrat und Extremitäten mehrfach gebrochen waren. Es war Matt Breitweisser.

„Und nun?", fragte Eike.

„Schauen, ob Johnnie überlebt hat."

„Wir haben den Wagen im Süden abgestellt. Er könnte Glück gehabt haben."

Er hatte recht. Als sie das Wäldchen erreichten, saß Johnnie To auf der Motorhaube und rauchte einen Joint.

„Ihr habt es überlebt", sagte er.

„Wir haben es überlebt", sagte Lozen.

Er reichte ihr den Joint.

„Lindsay?"

„Tot."

„Mist."

45.

Widerwillig schob sich Lozen mit einer Taschenlampe in der Hand unter den Trailer von Lindsay Shields. Der Boden war feucht und matschig. Sie kroch über tote Ratten und Katzen, leere Flaschen und Dosen, aufgeplatzte Abfalltüten, Holzleisten und anderen Bauschutt. Der Gestank war schlimm. Aber Lozen hatte Glück. Lindsay Shields hatte wohl auch keine Lust gehabt, sich tief in die Unterwelt ihrer Behausung zu begeben. In einer leeren Chipstüte entdeckte sie nach einer Viertelstunde in der Nähe des Eingangs einen orangefarbenen USB-Stick in Form einer Eule. Erleichtert robbte sie ins Freie, wo Eike und Johnnie To warteten.

„Siehst gut aus", sagte Johnnie To.

Lozen blickte an sich herunter. Hände und Hose waren nass und voller Erde.

„Bekommst du jetzt irgendwelche Schlammcatchen-Fantasien?"

„Ich glaube schon."

Durch den Regen gingen sie zu Lozens Trailer, wo sie eine Flasche Whiskey und drei Gläser auf den Tisch stellte, sich im Bad umzog und dann den Laptop holte. Johnnie To schenkte ihnen ein, während Lozen den Laptop hochfuhr und den Stick in den Port steckte. Eine Videodatei tauchte auf. Sie startete sie:

Die Gesichter von Laconia Smith, Susan Knufken und Mollie Wald. Ihr Make-up war verschmiert. Sie lächelten in die Kamera des Smartphones, das Susan Knufken hielt. Die Frauen waren nackt, verschwitzt und sahen müde aus. Mollie Walds linke Gesichtshälfte sah geschwollen aus. Die drei saßen auf einem der runden Betten des Party-Hauses, lachten hysterisch und redeten sinnloses Zeug über die besten Drinks, das beste Essen, die beste Größe von Penissen und die beste Serie – natürlich „Star City". Zwischendurch tranken sie Wodka aus einer Flasche. Der Raum war in ein rotes Licht gehüllt. Irgendwann standen die Frauen auf. Susan Knufken schwenkte auf die anderen Betten, auf denen zerknüllte Bettdecken und Flaschen lagen. Die Frauen wankten kichernd aus dem Raum. Sie gingen durch zwei

Zimmer, die ebenfalls rot beleuchtet waren, ohne auf jemanden zu treffen. Der Spaziergang schien sie zu ernüchtern. Die Frauen wurden zunehmend ruhiger.

Susan Knufken filmte eine nicht ganz geschlossene Tür. Sie ging näher heran. Stimmen waren zu hören. Sie filmte durch den Spalt: Drei nackte Männer standen vor einem Tisch, auf dem sich Whiskey- und Bierflaschen, Häppchen und gebratene Würstchen befanden, und bedienten sich. Die Hungrigen waren Franklin Millar, Vico Luciano und Thomas Schmidt. Sie redeten miteinander. Der Ton war nicht gut. Lozen stellte lauter und ging zurück zum Anfang.

„Mann, ich bin echt müde. Die Schlampe hat mir alles abverlangt", sagte Vico Luciano und nahm ein Häppchen vom Tablett, warf es in den Mund, kaute und spülte den Rest mit Whiskey runter.

„Hat einen geilen Arsch", sagte Thomas Schmidt.

Die Männer lachten.

„Scheiße, habe ich einen Hunger", sagte Vico Luciano.

„Sind das deutsche Würstchen?", fragte Franklin Millar.

„Ja", sagte Thomas Schmidt.

Der CEO nahm eine, strich etwas Senf drauf und kostete.

„Die ist gut."

„Mann, acht Wochen und wir haben es geschafft", sagte Thomas Schmidt.

„Verlierst du die Nerven, Schmidt?", fragte Vico Luciano.

„Nein, nein, wie kommst du darauf?"

„Weshalb fängst du dann damit jetzt an?"

„Werde doch nicht gleich sauer."

„Wann holt uns noch mal der Fahrer ab?", fragte Franklin Millar, der einen Schluck Bier nahm.

„In einer guten Stunde", sagte Vico Luciano.

„Seid ihr nicht froh, wenn es vorbei ist?", fragte Thomas Schmidt.

„Schmidt, in acht Wochen haben wir den Regierungsauftrag, an dem wir richtig verdienen, und dann werden wir die Öffentlichkeit aufs Leck in der Pipeline aufmerksam machen und alles ist gut. Was ist dein Problem?", fragte Franklin Millar.

„Ich habe kein Problem."

Vico Luciano packte Thomas Schmidt an der Kehle.

„Wirklich?"

„Ja. Aber ihr müsst zugeben, dass wir Glück hatten, dass bisher niemand das Leck bemerkt und gemeldet hat."

„Glück? Warum? Das Mina Valley ist eine gottverlassene Gegend, die für niemanden einen Wert hat."

Der kräftige Mann ließ den Chef des DENR los.

„Hey, ich werde wieder geil", sagte Franklin Millar.

Eine der Frauen machte unabsichtlich ein Geräusch, die Männer schauten zur Tür, die Frauen reagierten überraschend geistesgegenwärtig für ihren Zustand und stürmten kichernd in die Küche. Die Aufnahmen endeten, als Mollie Wald Vico Luciano zwischen die Beine griff.

46.

„Was, glaubst du, ist nach der Nacht passiert?", fragte Earl Arendts, nachdem Lozen ihm vom Abend und den Aufnahmen erzählt hatte. Sie saß vor dem Trailer und telefonierte mit dem Sheriff, während Eike und Johnnie To im Wohnwagen Whiskey tranken. Sie waren auf dem Weg, Best Bros zu werden.

„Wahrscheinlich hat sich eine der Frauen später verquatscht, als sie blau oder zugedröhnt war. Oder eine oder alle sind gierig geworden und haben versucht, Geld aus den Männern rauszupressen."

„Was eine blöde Idee gewesen wäre."

„Auf jeden Fall."

In der Ferne heulte die Sirene eines Krankenwagens.

„Und dann haben Millar, Luciano und Schmidt die Zuhälterin ihres Vertrauens und den Dealer ihres Vertrauens mit der Aufgabe betraut, dieses Problem zu beheben", sagte Lozen.

„Macht Sinn."

„Nicht zu beweisen."

„Reine Vermutung."

„Stimmt."

„Und mein Unfall?"

Lozen zuckte mit den Schultern.

„Keine Ahnung. Erbe war auf jeden Fall im Haus. Könnte also gut sein, dass sie deine Ermittlungen verlangsamen wollten."

„Was ist mit diesem Ames?"

„Ist da irgendwie reingeraten. Die anonyme Anruferin hatte ihn nach Chayton gebracht. Ob es Lindsay Shields gewesen war oder jemand anderes, werden wir wohl nie rausfinden, auch wenn ich glaube, dass sie es war."

„Warum?"

„Vielleicht liebte sie die Umwelt, vielleicht wollte sie Druck auf Millar ausüben."

„Den sie wiederum erpresst hat."

„Genau. Wie die anderen Frauen war sie auf der Suche nach dem großen Geld."

„Bleibt die Frage, wie sie an die Aufnahmen gekommen ist."

„Shields war mit den anderen Frauen befreundet. Wahrscheinlich haben sie den Stick bei ihr deponiert."

Eike kam aus dem Wohnwagen.

„Hey, Lozen, komm wieder rein. Du kannst mich nicht mit einem drogenabhängigen Trinker alleinlassen", sagte er.

„Komme gleich. Ich spreche mit Earl."

Er ging in den Wohnwagen.

„War das Eikes Stimme?", fragte Earl Arendts.

„Ja."

„Wie hat er sich gehalten?"

„Hätte schlimmer sein können."

„Tatsächlich?"

„Er hat einen Tornado vorhergesagt."

„Ich habe nicht gewusst, dass er sowas kann."

47.

Der Güterzug rumpelte langsam über die Schienen. Eine orangefarbene Lok zog verrostet aussehende Waggons. Viele davon. Sehr viele. Lozen konnte das Ende des Zuges nicht sehen. Einen Tag nach dem Fund des Sticks stand sie auf der Veranda von Earl Arendts. Sie hatte mit Eike, Anna Hess und dem Sheriff im Wohnzimmer gesessen, als Gouverneur Joel Kraft auf ihrem Telefon angerufen hatte. Damit hatte sie gerechnet. Sie war nach draußen gegangen, obwohl es leicht nieselte.

„Warum haben Sie mir die Videodatei geschickt, Ms. Graham?", fragte der Politiker.

„Sie wollten als Erster informiert werden."

„Sie arbeiten nicht mehr fürs Sheriff's Office."

„Stimmt."

„Was erwarten Sie von mir, Ms. Graham?"

„Nichts. Earl Arendts besitzt die Datei bereits, Harvey Farossi bekommt sie noch. Nick Davout wird das Video in 24 Stunden im Netz veröffentlichen."

„Sie geben mir einen Vorsprung. Warum?"

„Ich habe kein Interesse an einer Auseinandersetzung mit einem Gouverneur und möglichen Kandidaten bei den nächsten Präsidentschaftswahlen."

Es war Nick Davouts Idee gewesen, dem Gouverneur das Video vor Harvey Farossi zukommen zu lassen. Ihr Mitarbeiter wollte nicht, dass es sich „Graham Security" völlig mit dem einflussreichen Politiker verscherzte. Sie hatten sich gestritten, weil sie anderer Meinung war, aber ihr Mitarbeiter hatte sie am Ende überzeugt. Er hatte ihr erklärt, dass Joel Kraft keine Untersuchungen darüber brauchen konnte, welche Beziehungen er zu „Stark Oil" unterhielt, wenn er Präsident werden wollte. Er würde aus der Not eine Tugend machen und sich als Kämpfer für Gerechtigkeit und Umwelt profilieren. Das war natürlich eine Vermutung, aber Lozen traute Nick Davouts Einschätzungen in solchen Fällen.

„Ich wusste nicht, dass Sie sich für Umweltpolitik interessieren, Ms. Graham."

„In diesem Fall interessiere ich mich für die Umwelt und für die toten Frauen."

„Sie wissen, dass es wahrscheinlich ist, dass gegen Millar, Luciano und Schmidt Anklage wegen des Lecks erhoben wird. Sie wissen, dass es sehr unwahrscheinlich ist, dass man sie wegen der Morde belangen wird."

Lozen war das klar. Es gab wenige Indizien und viel Spekulation. Immerhin, Deputy Mark Filmore hatte im Büro der toten Sista Louisa das Telefon von Gavin Ames und die Waffe gefunden, die zu den sichergestellten 9-mm-Projektilen passte.

„Die Killer sind überführt und tot, die Auftraggeber noch frei."

„In meinen Augen war es eine interne Angelegenheit zwischen der Zuhälterin und ihren Nutten, bei der es um Drogen oder sonst was ging."

„Hm."

„Frank Millar und Vico Luciano sind gute Männer. Wichtig für unser Land. Auch wenn sie bei dem Leck einen Fehler gemacht haben. Ich lege für sie meine Hand ins Feuer", sagte der Politiker.

„Verbrennen Sie sich nicht", hätte Lozen sagen können, aber sie fand den Spruch zu abgedroschen.

„Da ist der Tod von Lindsay Shields."

„Auch eine Nutte von dieser Sista-sowieso, soviel ich weiß."

„Schauen wir, was passiert, wenn Angus Pepper gefasst wird und eine Aussage macht", sagte Lozen.

„Wer ist Angus Pepper?", fragte Joel Kraft.

Lozen hatte dem Politiker das Video geschickt, aber nicht die Details des Falles geschildert. Als die State Trooper bei Angus Pepper an der Tür geklopft hatten, war der Anwalt längst abgehauen. Sein Konto hatte er leergeräumt, Frau und Kinder zurückgelassen. Es gab bisher keine Spur von ihm. Er schien wirklich ein äußerst findiger Mann zu sein.

„Pepper ist ein Anwalt, der für ‚Stark Oil' gearbeitet hat. Er hat mithilfe der Aktivistin Selina Keil ‚Green Arrow' ausspioniert und ist mitverantwortlich für den Mord an Lindsay Shields", sagte Lozen.

„Und was hat das mit Millar, Luciano und Schmidt zu tun?"

„Es gibt einen E-Mail-Verkehr, der Millar direkt mit Pepper und dem Mord verbindet."

Schweigen am anderen Ende der Leitung. Lozen wartete, bis der Politiker die Neuigkeit verarbeitet hatte.

„Ich nehme an, Sie haben eine Kopie der Korrespondenz."

„Ja."

„Sie sind hinterhältiger, als ich gedacht habe, Ms. Graham."

„Wieso?"

„Sie verschaffen mir einen Vorteil, gleichzeitig zwingen Sie mich, mich von einem alten Freund zu trennen."

„Es sind die Fakten, die Sie zwingen, nicht ich."

Lucky Punch und Knock-out, du Arsch, dachte Lozen.

„Einen schönen Tag, Ms. Graham."

Der Gouverneur legte auf. Lozen konnte sich ein Grinsen nicht verkneifen. Sie zündete sich eine Zigarette an. Der Güterzug rumpelte immer noch über die Gleise. Ein Hund lief nebenher. Sie erinnerte sich an einen uralten Film mit Lee Marvin, in dem der Hollywoodstar einen mittellosen Tramp spielte, der auf solchen Zügen durchs Land reiste. An den Titel konnte sie sich nicht erinnern und schickte eine Nachricht an ihren Ex Arvist Bunger.

Der Journalist war ein wandelndes Filmlexikon. Die Antwort kam prompt: „Ein Zug für zwei Halunken".

Lozen rauchte auf und schickte übers Smartphone die Aufnahmen mit dem Vermerk, dass die Polizei und Joel Kraft auch in ihrem Besitz wären, an Harvey Farossi. Die Verbindung zwischen ihm, Präsident Adam A. Kettle und Vico Luciano blieb unklar. Im Video war von einem Regierungsauftrag die Rede, aber Nick Davout hatte keine Hinweise auf Art und Umfang herausfinden können. Vielleicht war es auch etwas ganz anderes. Vielleicht hatte Vico Luciano etwas gegen den Präsidenten in der Hand und dadurch den Job. Vielleicht hatte Harvey Farossi den EPA-Chef deshalb loswerden wollen. Ohne dabei in Erscheinung zu treten, mit Hilfe von jemandem, der für ihn die dreckige Arbeit übernahm. Vielleicht hatte er deshalb geschrieben, sie verrenne sich in etwas, weil er wusste, dass Aussagen dieser Art sie ärgerten und anspornten. Zuzutrauen wäre ihm ein solches Vorgehen. Er kannte sie gut. Zu gut. Fest stand: Der Rücktritt von Vico Luciano war nur noch eine Frage der Zeit. Aber das besagte nichts. Es blieben verdammt viele „vielleicht". Verdammt. Bei solchen Geschichten blieb immer etwas im Dunklen, und keiner bewegte sich im Dunklen besser als Harvey Farossi. Sie ging ins Wohnzimmer, wo Eike und Earl Arendts vor dem Kamin saßen.

„Was hat Kraft gesagt?", fragte Eike.

„Auf jeden Fall nicht ‚Danke'."

48.

Zwei Tage später saß Lozen im Wagen neben Eike, der sie zum Flughafen von Rapid City brachte, von wo sie über Dallas und Jacksonville nach Washington fliegen würde. Auf Radio „Pahá Sápa" erklärte ein Rapper, dass einem Geld nichts nütze, wenn man nicht schnell darin wäre, den Abzug zu drücken.

„Wollte Johnnie eigentlich nicht mit?", fragte Eike.

„Dein neuer Best Bro hat eine Nachricht geschickt. Er hat irgendeinen Job, den er nicht verschieben konnte."

„Was für einen Job?"

„Keine Ahnung. Wahrscheinlich will ich es nicht wissen."

„Drogen?"

„Drogen sind bei ihm reines Privatvergnügen. Diebstahl ist sein Ding."

„Wie ehrenwert."

Eike bog auf die Airport Road. Sie waren über die Interstate 90 gefahren, dann über den Highway 44.

„Wirst du wieder als Deputy arbeiten?", fragte sie.

Er sah sie kurz an.

„Ich denke."

„Ab wann?"

„Du willst es genau wissen, was?"

„Jup."

„Wenn ich nach einer halben Meile Laufen nicht mehr gleich kotze."

„Guter Plan. Komm nach D. C., wenn du einen ernsthaften Sparringpartner brauchst."

„Wer soll das sein?"

„Meine 78-jährige Nachbarin ist in fantastischer Form."

„Gut zu wissen."

Eike gab ein wenig Gas, sodass sie etwas über der erlaubten Höchstgeschwindigkeit fuhren, und überholte einen alten Ford. Der Rapper im Radio wiederholte seine Aussage über den Abzug. Eike schaute aus dem Fenster. Der Himmel war blau. Dicke weiße Wolken hingen dicht über dem Boden.

„Du fährst und das Wetter wird besser", sagte er.

„Siehst du da einen Zusammenhang?"

Er zuckte mit den Schultern.

„Seit wann interessierst du dich fürs Wetter?", fragte sie.

„Wieso?"

„Früher war das kein Gesprächsthema für dich."

„Früher?"

„Früher."

Eike schaute wieder aus dem Fenster.

„Was seltsam ist: Ich weiß nicht, wie es begonnen hat", sagte er auf einmal, nachdem sie eine Weile geschwiegen hatten. Lozen sah ihn an.

„Nach dem Anschlag, nachdem ich aus dem Koma gekommen bin, war es irgendwie anders. Die Welt erschien düsterer, bedrohlicher. Dinge, die mir vorher wichtig gewesen waren, waren mir egal. Ich fühlte mich ständig bedroht. Wie während eines Einsatzes. Ich konnte mich nicht entspannen."

Er machte eine Pause.

„Und dann?"

„Eines Abends habe ich einen Drogentoten bei Bryant gefunden. Überdosis. Hatte das Black-Tar-Zeug bei sich. Und sauberes Besteck. Statt es abzugeben, habe ich es behalten und mir zu Hause einen Schuss gesetzt. Einfach so. Ohne zu überlegen. Es war ganz simpel. Ein gutes Gefühl. Dann habe ich die Kontrolle verloren."

Lozen sagte nichts.

„Das Komische ist, dass es sowas Zufälliges hatte."

„Was ist nicht zufällig?"

„Keine Ahnung."

Im Radio wurde ein neuer Song gespielt. Ein Sänger wies darauf hin, dass es gefährlich wäre, einen Hobo in einen Passagierzug zu setzen.

„Warum bist du aus Chayton abgehauen?", fragte Lozen.

„Gute Frage. Ich kann mich nicht erinnern."

„Wahrscheinlich wolltest du nicht, dass Earl und die anderen dich so sehen."

„So komplexe Gedankengänge hatte ich nicht."

„Du warst nicht lange weg."

„Ich wollte irgendwie nach Hause."

„Um Tornados vorherzusagen."

„Was sonst."

Er lachte.

„Du hättest das Earl nicht erzählen sollen."

„Warum? Will er, dass du den Job wechselst und Wettermann im Fernsehen wirst?"

Eike lachte erneut.

„Ich wäre gut.“

„Sicher.“

Lozen schaute nach draußen. Es gab nicht viel zu sehen. Eine grüne Ebene, vereinzelte Baumgruppen, in der Ferne ein Gebäude. Eike überholte zwei Biker. Es waren Mitglieder der „Army of Phantoms“. Er beobachtete sie im Rückspiegel.

„Mit Sista Louisa und Breitweisser aus dem Weg wird Magnuson versuchen, sich in Chayton festzusetzen“, sagte Eike.

„Wird er.“

„Ich bin Magnuson mal begegnet. Er ist nicht dumm. Und nicht unsympathisch.“

„Ein sympathischer Dealer, wie schön.“

Lozen erzählte nicht, dass sie vor zwei Tagen nach Yankton gefahren war. Chad Magnuson lebte mit seiner Familie am West Riverside Drive in einem hübschen Einfamilienhaus, vor dem die amerikanische Flagge wehte, mit einer weiß gestrichenen Garage mit zwei

Toren, zwischen denen ein Basketballkorb hing. Rechts neben dem Haus befand sich der Garten mit einer Kletterburg aus Holz und zwei Schaukeln, hinter denen man den Missouri River sehen konnte. Als der Dealer mit seiner Frau und seinem Sohn das Haus am Morgen verließ und mit dem Auto wegfuhr, war Lozen eingedrungen und hatte eine Brandbombe mit Zeitzünder zurückgelassen, die fünf Minuten später hochging. Sie hatte gewartet, bis die ersten Flammen zu sehen waren, die sich durch das Spießeridyll des Dealers fraßen. Sie waren tief orange und wunderschön gewesen. Das Feuer würde Chad Magnuson von nichts abhalten, aber ihn ärgern. Und ihr hatte es Spaß gemacht. Viel Spaß.

„Sein Haus ist übrigens vorgestern abgebrannt", sagte Eike.

„Wessen Haus?"

„Das von Magnuson."

„Wie traurig."

„Nicht anfangen zu weinen."

„Woher weißt du davon?"

„War eine kleine Meldung auf ‚Homer Bugle Online'."

„Aha."

„Was hast du eigentlich die vergangenen Tage gemacht? Earl meinte, du wärst weg gewesen."

„Bin durch die Gegend gefahren. Deadwood, Hill City, Mount Rushmore, das Touristenzeug eben."

„Und? Zwischendurch ein schönes Lagerfeuer gemacht?" Sie sah ihn an. Eike zwinkerte ihr zu.

Ein grünes Straßenschild zeigte an, dass es nach rechts zum Flughafen ging. Eike bog auf die Terminal Road. Im Rückspiegel sah er, dass die zwei Biker geradeaus fuhren.

„Die ‚Army of Phantoms', die ‚Patriot Nation' und die ‚Six Nations' werden ihren Teil vom Kuchen haben wollen", sagte er.

„Ihr werdet viel zu tun haben."

„Wir müssen Browns Stelle neu besetzen."

„Bevor du fragst: kein Interesse."

„Es wird Zeit, dass sich Earl in den Sattel schwingt."

„Ja."

Sie erreichten den Flughafen. Eike stellte den Wagen ab. Der Parkplatz war nicht sehr voll. Sie folgten dem Zebrastreifen zum Terminal des Rapid City Regional Airport, einem grauen stufenförmigen Bau mit verspiegelten Fenstern. Vor dem Gebäude blieb Lozen stehen.

„Ich stehe nicht auf lange Abschiede", sagte sie.

„Kein Problem."

„Danke fürs Bringen."

„Keine Ursache."

Er sah sie an.

„Ist noch was?", fragte Lozen.

„Ich habe nachgeschaut. Es gibt in Washington nur einen Ethan Styron. Der ist Psychiater."

„Ja, das stimmt."

„Was machst du mit einem Hirndoktor?"

„Gelegentlich nützlich wie ein Schweizer Taschenmesser."

Sie grinste, gab Eike einen schnellen Kuss auf den Mund und betrat den Rapid City Regional Airport.

Epilog

Lozen saß in ihrem Büro und schaute auf den Computerbildschirm. Sie decodierte eine Mail: ein weiterer Name, eine Adresse, ein Lebenslauf und ergänzende Informationen. Als der Entschlüsselungsprozess abgeschlossen war, öffnete sie den Anhang. Tom Bassajew, 25, US-Bürger mit tschetschenischen Wurzeln. Hatte einen Sprengsatz auf dem Parkplatz einer Shopping Mall in Phoenix, Arizona, gezündet. Zwei Tote, fünf Verletzte. Lozen atmete durch. Es war nicht der Weg. Jemanden umzubringen, sollte die Notlösung sein. Aus der Situation heraus. Wie bei der Schießerei im Party-Haus. Keiner der Toten würde sie irgendwann in ihren Träumen belästigen. Dessen war sie sich sicher.

Lozen klickte auf „Antworten" und schrieb: „Hiermit stehe ich für weitere Aufträge nicht mehr zur Verfügung." Sie codierte die Mail und schickte sie ab. Anschließend informierte sie in einer weiteren Mail

Harvey Farossi, dass sie die Ermittlungen beenden würde. Sie nahm Nick Davout in cc. Nicht mal sechzig Sekunden, nachdem sie die Nachricht abgeschickt hatte, trat ihr Mitarbeiter – wie immer ohne anzuklopfen – ins Büro.

„Warum?", fragte er.

„Unsere Vorgehensweise war fragwürdig, ein Erfolg mehr als unwahrscheinlich."

„Du bist eine Moralistin, eine Menschenfreundin."

„Und ich handele intuitiv und emotional."

„Genau."

„Danke."

„Das war kein Kompliment."

„Nicht?"

„Diese Eigenschaften sind in unserer Branche eine Schwäche."

„Aha."

„Das ist so."

Schweigen.

„War's das?", fragte sie.

„Das war's."

Personenregister in alphabetischer Reihenfolge:

Kenny Aguilar, Lozen Grahams verstorbener Onkel.

Gavin Ames, Umweltschützer und „Green Arrow"-Mitglied.

Lester Andersen, ein ehemaliger Schlachter aus Homer City.

Chumani Arendts, die verstorbene Ehefrau von Deputy Sheriff Eike Wolfen.

Earl Arendts, der Sheriff von Homer City und Vater von Chumani.

Matt Breitweisser, ein Drogendealer in Chayton County.

Luna Bright, Umweltschützerin und „Green Arrow"-Mitglied.

Pierce Britton, ein Faschist, Rassist und Gründer der rechtsradikalen Gruppe „Patriot Nation".

David Brown, der neue Deputy Sheriff in Chayton County.

Arvist Bunger, ein deutscher Blogger und Kulturjournalist. Er ist ein Ex-Freund von Lozen.

Karl Clagston, Leiter der Homer High School und Waffennarr.

Rod Dalton, Chef der „Pipeline and Hazardous Materials Safety Administration", kurz PHMSA.

Nick Davout, ein ehemaliger CIA-Mitarbeiter mit fotografischem Gedächtnis und dem IQ eines Genies. Er arbeitet für „Graham Security".

Harvey Farossi, der Berater von Adam A. Kettle, dem Präsidenten der USA.

Mark Filmore, ein Deputy Sheriff in Chayton County.

Lozen Graham, eine ehemalige Ermittlerin des CID und Chefin von „Graham Security".

Dr. Glenn Hoskins, Susan Ralston und Daniel Piles, Bewohner von Homer City.

Anna Hess, Rezeptionistin im „Larsen Hotel", die mit Earl Arendts befreundet ist.

Ruben Johansson, Mitarbeiter des „Department of Environment und Natural Resources", kurz DENR, und dort Mitglied des Emergency Response Committee. Er ist ein Fan der Science-Fiction-Serie „Star City".

Selina Keil, Umweltschützerin und „Green Arrow"-Mitglied.

Adam A. Kettle, der Präsident der USA.

Ruth „Ruthie" Maria Knox, Sekretärin, Telefonfräulein und Seele des Sheriff's Office von Chayton County.

Susan Knufken, das erste Mordopfer.

Joel Kraft, der Bürgermeister von Homer City und Gouverneur von South Dakota. Er ist Mitglied der Republikanischen Partei.

Jeb Little Sky, Chef der drogendealenden Biker-Gang „Six Nations".

Vico Luciano, Chef der „United States Environmental Protection Agency", kurz EPA, die Umweltbehörde der USA.

Chad Magnuson, ein ambitionierter Drogendealer aus Yankton.

Franklin Millar, der CEO von „Stark Oil".

Kent Moritz, der konservative Reverend von Homer City.

Dr. Dorothy Mueller, die Leiterin einer Entzugsklinik.

Angus Pepper, findiger Anwalt, der für „Stark Oil" arbeitet.

John Petracci, ein 60 Jahre alter General und Witwer. Er ist ein Liebhaber von Lozen.

Daniel Piles, der Besitzer von „Piles of Books", dem einzigen Buchladen von Homer City.

Thomas Schmidt, Chef des DENR.

Sista Louisa, die Zuhälterin von Laconia Smith, Susan Knufken und Mollie Wald.

Lindsay Shields, die Cousine von Laconia Smith.

Laconia Smith, eine Freundin von Susan Knufken und Mollie Wald.

Ethan Styron, Lozens depressiver Psychiater.

Steven Tillerman, besser bekannt als „Steve, der Kehlkopf". Ein Mitglied der „Patriot Nation".

Chester Thomsen, der Besitzer des „Homer Bugle", der Tageszeitung von Chayton County.

Johnnie To, ein drogenabhängiger Dieb.

Mollie Wald, das zweite Mordopfer.

Eike Wolfen, ein ehemaliger Ermittler der Berliner Mordkommission, Deputy Sheriff in Chayton County und Ehemann der verstorbenen Chumani Arendts.

Weitere Lozen-Graham-Romane:

Die Vergangenheit stirbt nicht

Showdown

Rechte Patrioten

Verloren